Y

7138
3.

JUSTIFICATION

DE PLUSIEURS FAITS

QUI CONCERNENT

LES OPÉRATIONS DES ACADÉMICIENS

AU PÉROU,

POUR LA MESURE DE LA TERRE.

JUSTIFICATION
DES MEMOIRES
DE
L'ACADÉMIE ROYALE DES SCIENCES
DE 1744.
ET DU LIVRE
DE LA FIGURE
DE LA TERRE,

Déterminée par les Observations faites au Pérou,

SUR

Plusieurs faits qui concernent les Opérations des Académiciens.

Par M. BOUGUER.

A PARIS;

Chez CHARLES-ANTOINE JOMBERT, Libraire du Roi, pour
l'Artillerie & le Génie, rue Dauphine, à l'Image Notre-Dame.

M. DCC. LII.

AVEC APPROBATION ET PRIVILEGE DU ROY.

Quis nescit, primam esse historiæ legem, ne quid falsi dicere audeat; deinde ne quid veri non audeat; nè qua suspicio gratiæ sit in scribendo; ne qua simultatis? Cic. de Orat. Lib. II.

AVERTISSEMENT.

LES Lecteurs qui ont pris quelque intérêt dans le voyage des Académiciens au Pérou, pour la mesure de la Terre, ne seront peut-être pas fâchés de voir la vérité éclaircie sur plusieurs faits qui ont rapport à cette grande Opération. Le titre de l'Écrit que je présente au Public en annonce assez le sujet : je dois cependant ajoûter que je ne me borne pas à des faits particuliers, & que je me propose de répandre du jour sur l'objet principal de notre Mission, en descendant dans un détail absolument nécessaire touchant nos observations Astronomiques. M. de la Condamine s'est attaché, dans son Livre, à rapporter toutes celles qui concernent la distance de l'Étoile e d'Orion au Zénith, ou au moins tous les résultats qu'elles fournissent. Mais comme il a crû pouvoir se dispenser de leur assigner le rang précis qui leur convient quant au degré d'exactitude, il est certain que cette multitude d'observations ne peut qu'embarasser les Lecteurs, qui ne trouveront pas moins de peine à bien choisir, qu'à prendre un juste milieu entre des quantités qui différent trop considérablement. Ainsi l'Écrit fuivant, dont j'ai deftiné une partie à conftater les dates des précautions prifes dans nos obfervations, à mefure qu'il s'eft préfenté à nous de nouveaux obftacles, aura une utilité très-réelle : l'indécifion des Lecteurs deviendra moins grande & ceffera même entiérement, lorfqu'ils connoîtront d'une maniere certaine les obfervations qu'il faut exclure.

Je propoferai, par exemple, celles que nous fîmes en 1737. pour déterminer l'obliquité de l'Ecliptique, peu après notre arrivée au Pérou : fi le fuccès ne répondit pas entierement à notre attente, ce ne fut certainement pas faute de faire tous nos plus grands efforts pour réüffir. On peut dire cent chofes qui inftruiroient auffi peu les Lecteurs les unes que les autres, fur l'ufage qu'on peut faire de ces obfervations; au lieu qu'il n'y a qu'un mot à dire, pour montrer qu'elles ne doivent point être comptées lorfqu'on veut découvrir la grandeur du degré terreftre. Nous n'avions qu'un feul parti à prendre en obfervant l'Étoile ε d'Orion, pendant que nous travaillions à la vérification de notre fecteur. Nous pouvions négliger l'inftant de l'obfervation, mais nous devions abfolument difpofer l'inftrument fur une Méridienne tracée avec foin dans notre Obfervatoire : au lieu que déférant trop à ce qui étoit marqué dans les Livres d'Aftronomie que nous avions entre les mains, nous fîmes tout dépendre de l'inftant de la médiation, & nous ne traçâmes point de Méridienne. La pratique que nous fuivions eût été très-mauvaife, vû la grande hauteur de l'Aftre que nous obfervions, quand même nous euffions pris foin d'examiner auparavant fi la lunette étoit parallele au plan du fecteur : nous négligeâmes auffi cet examen ; nous n'y penfâmes pas, ou, pour dire mieux, nous ne le regardâmes pas comme néceffaire. L'obfervation ne pouvoit donc manquer d'être défectueufe, & de nous donner une moindre diftance de l'Étoile au Zénith, comme il eft réellement arrivé.

Mais, quoique l'erreur foit certaine, on n'en fçait pas au jufte la quantité, & malheureufement on ne peut la découvrir qu'en comparant l'obfervation avec celles qui ont été faites depuis avec plus de connoiffance de caufe. Il feroit donc abfurde de fe fervir de ces obfervations de 1737, & de les fondre avec les autres pour avoir un réfultat commun. On ne prend le milieu entre plufieurs quantités, que lorfqu'on ne peut faire autrement, & qu'on n'a aucun grief particulier à oppofer à chacune. Si entre plufieurs déterminations on en reconnoît une pour évidemment mauvaife, & qu'on ne puiffe la corriger que par le moyen des autres, il faut, dès cet inftant, la retrancher de leur nombre, fi l'on ne veut pas pécher contre toutes les régles, ou tomber dans un cercle vicieux. Comme ces obſervations de 1737. ſont d'une extrême importance, & qu'elles ſont uniques par un grand nombre de circonſtances conſidé-rables, je n'ai pas manqué de les comparer à d'autres dont je connoiſſois l'exactitude. J'ai promis ailleurs des éclairciſſemens ſur ce ſujet: lorſque j'aurai occaſion de les donner, je ſuis bien ſûr qu'on conviendra que l'erreur n'influe pas également ſur toutes les conſéquences qu'on peut tirer de notre travail, & qu'il n'y a tout au plus qu'un changement à faire d'une ou deux ſecondes à notre détermination de l'obliquité de l'Ecliptique. Mais quoiqu'à certains égards on puiſſe réuſſir à rectifier ces premieres obſer-vations, je ne ſçaurois trop répéter qu'il leur manque toujours néanmoins une condition eſ-ſentielle qui empêche de les faire concourir avec les autres: il leur manque d'avoir une bonté in-trinſéque, ou indépendante des dernieres; on ne peut les corriger ſans employer le ſecours étranger de celles-ci.

Je pourrois dire quelque choſe de ſemblable au ſujet de pluſieurs autres réſultats publiés ſans ma participation. Je penſois que M. de la Con-damine les ſupprimeroit, en ſe conformant à l'uſage reçû dans toutes les Académies qui laiſſent à chacun à rendre compte de ſes pro-pres tentatives. J'avois eu attention, par la même raifon de ne pas rapporter les obfervations qui occupérent cet Académicien à Quito pendant prefque tout 1741 , & en général toutes celles qu'il entreprit avant notre entrevûe du mois d'Août 1742. Celles que je fis dans les derniers mois de 1740. s'accorderent parfaitement entre elles , parce que l'inftrument ne fouffrit aucun dérangement; mais fi leur accord montre que chaque obfervation fut bien faite , il ne prouve pas que l'inftrument dans l'état où il étoit , ne fût fujet à une fléxion réguliere de la part des foutiens de la lunette. Je le reconnus effectivement, dans la fuite, au moyen d'une méfure particuliere, dont je me fuis fervi plufieurs fois, & dont on verra un ufage marqué dans le Livre de M. de la Condamine (page 178 vers le bas.) En un mot, ni le nombre de ces obfervations de 1740, ni leur accord avec celles que fit M. de la Condamine dans le même-tems, lorfque je lui cédai mon Obfervatoire , ne peuvent me difpenfer de les abandonner. Leur répétition eût-elle été portée encore beaucoup plus loin ; ne pouvoit, dans cette rencontre, leur ajoûter le moindre poids. La fléxion des foutiens de la lunette fut toujours précifément la même , parce que l'élafticité de ces foutiens , qui étoient de fer, ne recevoit aucune altération fenfible d'une faifon à l'autre dans les endroits fermés où nous obfervions.

M. de la Condamine fait aussi mention dans plusieurs Lettres qu'il m'écrivit pendant que nous étions sur les lieux, d'une observation qu'il termina au mois de Juillet 1742, & il paroît qu'il souhaitoit beaucoup que je l'adoptasse, quoiqu'il ne m'en eût pas communiqué le détail. Dans le dessein, sans doute, de concilier mon suffrage, il me faisoit remarquer qu'elle cadroit parfaitement avec les secondes observations de 1737. dont il trouvoit qu'elle ne s'éloignoit que d'un cinquiéme de seconde. Cette conformité a cessé depuis qu'il a fallu avoir égard à l'aberration de la lumiere & à la nutation de l'axe terrestre : mais ce résultat s'est trouvé ensuite peu différent des observations de 1740. dont j'ai déja parlé.

Pour peu qu'on y fasse attention on reconnoîtra qu'indépendamment de tous les autres motifs que j'ai de ne pas garder le silence, la multitude de ces différentes déterminations rendues publiques, exigeoit seule que j'entrasse dans la plûpart des détails qu'on verra dans la seconde Partie de cet Écrit. Nous devons choisir entre les divers résultats auxquels nous sommes parvenus ; puisqu'ils différent trop entre eux pour qu'il soit permis, en les fondant ensemble, de les admettre tous ; d'autant plus qu'ils supposent encore des différences plus grandes, ou des erreurs doubles dans les observations particulieres. Il faut d'ailleurs qu'on s'apperçoive que notre choix est éclairé, & qu'il n'est ni arbitraire ni la fuite de quelque convention faite entre les Obfervateurs : nous ne devons nous régler que fur les feules circonftances des obfervations, qui ont été différentes à mefure que nous avons acquis plus d'expérience & de lumieres. Il devient donc abfolument néceffaire de confidérer les progrès de nos réflexions & d'en avoir les dates préfentes, pour fe décider d'une maniere qui exclue toutes efpeces de doutes dans cette occafion.

La premiere de ces dates & une des principales eft fournie par le Procès-verbal que je dreffai à l'extrémité Sud de notre Méridienne. Il eft rare qu'on employe de femblables formalités, lorfqu'il s'agit d'obfervations Aftronomiques; mais l'événement confirme, & même plus que je ne pouvois le prévoir, que les mefures que je prenois étoient bien fondées. M. de la Condamine qui m'exhorta de la maniere la plus forte par fa Lettre écrite de Paris le 28 Novembre 1748, de ne pas faire ufage de cette piece, s'eft à la fin déterminé à la faire paroître lui-même, & je puis déformais renvoyer à fon Livre où elle fe trouve de même que l'autre Procès-verbal. L'expédition que j'ai du premier eft en forme & légalifée : elle eft,

outre cela, munie des Certificats de cet Académicien & de M. Verguin. Celui de M. de
la Condamine finit à la date du 11 Janvier 1740.
qu'on trouvera dans son Livre vers le bas de la
page 136. Je me dispense d'insister dans cet
Avertissement qui n'est déja que trop long, sur les
autres époques qu'il faut distinguer dans nos observations : le Lecteur les appercevra sans peine.

JUSTIFICATION

JUSTIFICATION

DE PLUSIEURS FAITS

QUI CONCERNENT

LES OPÉRATIONS DES ACADÉMICIENS

AU PÉROU,

POUR LA MESURE DE LA TERRE.

’AVOIS eu deffein de mettre à la fin du Livre de la Figure de la Terre, que j’ai publié par ordre de l’Académie, les preuves juftificatives des principaux faits que j’avançois. Il femble que le Public eft en droit d’en demander, lorfqu’il s’agit de matieres qui ont été difcutées par écrit, & dont il refte des actes. Il eft vrai que les Députés d’une Compagnie comme l’Académie des Sciences, qui devoient avoir continuellement fous les yeux, les obligations que leur impofoit l’honneur de leur Miffion, peuvent faire

A

comme une Claffe à part. Mais outre que la réputation des Voyageurs eſt en général aſſez mal établie, ſur l'article même qu'on regarde comme le plus eſſentiel, l'intérêt perſonnel qui agit ſur tous les hommes, peut les porter à défigurer une infinité de circonſtances importantes lorſqu'il s'agit d'opérations dans leſquelles ils ont eu part. Ainſi il eſt mieux pour ſe mettre au-deſſus des ſoupçons, de ſe fonder en preuves, toutes les fois qu'il y en a de ſubſiſtantes. Si je ne répare pas actuellement à tous égards l'omiſſion que je me reproche, je compte que je laiſſerai peu de choſes à déſirer ſur ce point, quand je joüirai de quelques inſtans de loiſir dont je puiſſe diſpoſer. Je vais, en attendant, juſtifier un certain nombre de faits qui pourroient ſouffrir plus de difficultés : je penſe même que la maniere dont je les établirai ſuffiroit pour accréditer d'avance tout ce que j'aurai à dire dans la ſuite, lorſque pour remplir les engagemens que j'ai pris, je publierai une Relation complète de mon Voyage.

L'ordre Chronologique me fera choiſir l'article ſur lequel je donnerai d'abord des éclairciſſemens. Il ſe préſentoit à nous deux grandes opérations, que nous pouvions entreprendre lorſque nous arrivâmes à Quito : nous pouvions commencer par la meſure d'un arc du Méridien, ou par celle d'un arc de l'Equateur ; il falloit opter & ne ſe déterminer que mûrement. Ces deux entrepriſes demandoient en particulier beaucoup de tems ; & il n'eſt pas difficile de concevoir qu'une infinité d'accidens pouvoient nous empêcher de paſſer à la ſeconde, après que nous euſſions eſſuyé les plus extrêmes fatigues, & prodigué notre ſanté pour achever la premiere. Le choix qu'il y avoit à faire, n'eſt plus un ſujet de diſpute : au lieu que le point de fait peut avoir beſoin de preuves.

Il eſt certain que nous euſſions commis une très-grande faute, en donnant le premier rang à la meſure de l'Equateur, qui laiſſoit le Problême de la Figure de la Terre dans preſque toute ſon indétermination. Nous pouvions perdre quatre ou cinq ans à cette entrepriſe, & il ne falloit peut-être pas moins de tems pour s'aſſurer ſeulement ſi elle étoit poſſible, tant la diſpoſition du Pays, & toutes les circonſtances locales étoient défavantageuſes. La meſure du Méridien, au contraire, n'exigeoit de notre part aucune tentative inutile; elle alloit directement au but; elle étoit déciſive; elle ſuffiſoit ſeule pour mettre le ſuccès de notre voyage à couvert, à cauſe des autres opérations faites en Europe avec leſquelles on pouvoit la comparer.

Mais s'il eſt vrai, comme je vais le prouver, que les ordres du Roi nous empêcherent de nous tromper, la qualité d'Hiſtorien & de Voyageur ſincere m'obligeoit de ne le point diſſimuler. La choſe auroit été pour nous d'une trop extrême conſéquence; nous ſerions peut-être encore obligés de lutter actuellement contre notre mauvaiſe fortune dans les forêts de l'Amérique. D'ailleurs il eſt ſi ordinaire de ſe hâter d'opérer avant que d'avoir réfléchi, dans les affaires même qui ſont ſuſceptibles d'examens exacts & rigoureux, qu'on ne ſçauroit trop prévenir les obſervateurs contre ce fâcheux inconvénient, qui auroit pû nous expoſer au chagrin mortel de voir notre voyage manqué.

J'avois donc plus d'un motif pour faire mention des ordres du Roi arrivés à propos, pour rendre à toute l'Europe ſçavante, de même qu'à nous, le plus grand des ſervices, en nous empêchant de commencer notre ouvrage par une opération qui étoit auſſi difficile, qu'elle étoit infructueuſe. Mais comme ma franchiſe pourroit être mal interprétée dans cette rencontre, je dois juſtifier que j'ai évité avec ſoin l'extrémité qui étoit à craindre, & que j'ai été incapable de commettre en agiſſant par une baſſe flatterie, la plus légere injuſtice à l'égard de mes Collégues. C'eſt bien malgré moi que j'oſe intéreſſer

ainſi le Public dans une cauſe qui me regarde : j'ai fait
abſolument tout ce que j'ai pû pour me diſpenſer de prendre ce dernier parti.

Après avoir parlé d'abord du choix entre les opérations, je développerai dans la ſeconde Partie de cet écrit,
diverſes particularités qui ont rapport à l'opération effectivement choiſie, & je tâcherai de diſſiper toutes les té-
nebres qui pourroient rendre douteux des faits éloignés,
qui ont eû peu de témoins. Que dans les affaires où les
paſſions humaines ont la plus grande part, on ſoit obligé
d'employer beaucoup de reſſorts pour les faire réuſſir, on
n'en eſt nullement étonné. Mais qu'il ait fallu ſurmonter
une infinité de difficultés morales pour aſſurer le ſuccès
de travaux purement aſtronomiques, c'eſt ce qui n'étoit
encore jamais arrivé, & ce ne ſera ſans doute, que ſur la
foi des plus fortes preuves, qu'on ſe réſoudra à le croire. Une infinité de choſes dans des entrepriſes de l'eſpe-
ce de la nôtre ſe compliquent, lorſque la multitude des
coopérateurs ſe joint à l'éloignement des lieux & à d'autres particularités. L'Obſervateur ou le Mathématicien
n'eſt pas toujours parfaitement iſolé : il peut avoir des intérêts conſidérables à ménager, il dépend quelquefois
de circonſtances fort étrangeres à la commiſſion dont il
eſt chargé. Tout Philoſophes que nous étions, on va
voir combien nous ſçavions employer de différens moyens
pour faire valoir nos avis particuliers, lorſqu'il s'agiſſoit
d'opter entre les opérations qui ſe préſentoient. Ce ſera
encore la même choſe dans la ſuite ; mais malgré mon
extrême ſimplicité, je devois à la longue m'inſtruire un
peû ; l'expérience du paſſé dut naturellement me faire
penſer à prendre quelques précautions pour l'avenir.

Les éclairciſſemens que je vais donner ſont devenus
encore plus néceſſaires, & j'ai été obligé de les éten-
dre depuis que M. de la Condamine a publié le Journal
de notre voyage. Je ne puis pas m'empêcher d'avouer,
que lorſque j'aurai à m'expliquer ſur les mêmes faits, nos

récits ne s'accorderont point assez, & qu'outre cela, j'ai
été extrêmement sensible à plusieurs traits qui sont ré-
pandus dans son Livre. Je ne sçai même si je n'ai pas
un peu à me plaindre des éloges qu'il m'y donne : le
Public sçaura bien les apprétier, & il sera porté, par
la même raison, à tirer des conséquences encore plus
fortes des exposés de cet Académicien, qui me concernent.

PREMIERE PARTIE.

Preuves démonstratives de ce qui est avancé à la page 284
des Mémoires de l'Académie Royale des Sciences de 1744,
que ce furent les ordres du Roi qui nous empêcherent de com-
mencer nos opérations par la mesure d'un arc de l'Equateur.

I.

NOus reçûmes deux différentes fois, à plus de six
mois l'une de l'autre, les ordres du Roi qui ex-
cluoient de nos opérations, la mesure des degrés de
l'Equateur, en nous bornant à la seule mesure d'un arc
du Méridien. Les premiers ordres parvinrent le 9. Mars
1737. à M. Godin, qui écrivit en France qu'il s'y con-
formeroit, & qui, en s'y soumettant réellement, se trouva dispensé de nous en parler. Les secondes dépêches me
furent adressées; je les reçûs le 22 Septembre de la même année; le paquet qui me fut remis en contenoit pour
M. Godin un autre qui n'étoit qu'un duplicata des dépêches arrivées au mois de Mars. Le Lecteur est prié
de bien distinguer ces deux différentes dates dont la con-
fusion feroit naître des équivoques, & ne serviroit qu'à
fonder des sophismes. Comme je ne me suis expliqué que
d'une maniere générale dans les Mémoires de 1744,

A. iij

je n'ai pas spécifié ces deux différentes réceptions; je me suis contenté d'assurer que les ordres du Roi nous avoient été fort utiles, en nous empêchant de prendre un mauvais parti : un plus long détail, quoique conçû en peu de lignes, s'est trouvé réservé pour les Mémoires de 1746, & pour le *Prospectus* du Livre de la Figure de la Terre. J'ai dit dans ce dernier Écrit * que les ordres du Roi, arrivés au mois de Mars 1737, avoient obligé M. Godin de renoncer aux vûes dont il paroissoit uniquement occupé dans une Lettre qu'il écrivoit quinze jours ou trois semaines auparavant à M. le Comte de Maurepas.

* Voyez la premiere page de l'Avertissement du Liv. de la Figure de la Terre.

On m'objecteroit donc fort inutilement que nous travaillions déja à la mesure du Méridien le 22 Septembre 1737, lorsque je reçû les seconds ordres. Cette objection ne seroit tolérable que de la part de quelqu'un qui ignoreroit absolument que ces mêmes ordres avoient déja été reçûs six à sept mois auparavant, & qu'ils durent produire leur effet, quoique M. Godin nous en fit mystere. Si la maniere dont je me suis expliqué dans le Volume de 1744, ne peut pas convenir à la seconde des deux dates, il faut nécessairement remonter à la premiere, & il est évident qu'on ne fera aucune violence au texte, puisqu'il n'est conçû qu'en termes généraux. La double réception des mêmes dépêches est un fait si certain, que M. de la Condamine en parle dans son Introduction Historique (*page* 42.) il offre même dans un Écrit que j'ai de lui d'en fournir des preuves à ceux qui le révoqueroient en doute. (*) Ainsi je justifierai par-

---

(*) *Dernier article d'un Écrit dont M. de la Condamine offre de prouver sous les points.*

Le 22 Septembre suivant 1737, je portai de Quito à Pichincha, & je remis à M. Bouguer le paquet de M. le Comte de Maurepas, contenant l'ordre de nous en tenir à la mesure du Méridien, lequel ordre M. Godin avoit reçû précédemment au mois de Mars, & dont il ne nous avoit pas parlé jusqu'alors.

Paris 19 Juin 1748. Signé, La Condamine.

faitement ce que j'avois avancé, en montrant qu'on fe prépàra jufqu'au mois de Mars 1737, malgré mon avis, à commencer par la mefure de l'Equateur, & que ce ne fut qu'après l'arrivée des premiers ordres, & en confé-quence de ces mêmes ordres, qu'on changea de réfo-lution.

Je pourrois mettre fans doute entre les différentes preu-ves de toutes ces circonftances, les Lettres que j'avois l'honneur d'écrire à M. le Comte de Maurepas. Je de-vois être attentif en les écrivant à ne rien marquer que d'exactement vrai, puifque je pouvois être démenti par les récits que faifoient de leur côté les deux autres Aca-démiciens. Cependant pour ne pas me rendre témoin dans ma propre Caufe, & lorfque je fuis accufé d'avoir commis une injuftice confidérable contre mes confre-res, je n'infifterai principalement que fur des preuves incomparablement plus fortes, & qui ne font fujettes à aucune récufation : ce feront des Lettres de M. Godin, de M. de la Condamine, de M. Verguin, de Don Geor-ge Juan, le plus ancien des deux Officiers Efpagnols qui affiftoient à nos opérations de la part de Sa Majefté Ca-tholique.

I I.

Cet Officier Don George Juan, dont le mérite eft connu de toute l'Europe, me fournira la premiere des preuves dont je me fervirai. Il me marqua dans une Lettre qu'il m'écrivit de Madrid le 16 Juin 1748. qu'il ne fe reffouvenoit que de très-peu de chofes touchant la queftion que je lui faifois, mais qu'il pouvoit affurer qu'à notre arrivée à Quïto vers le milieu de 1736, M. Godin fe propofoit de commencer par l'Equateur, & qu'il étoit encore du même avis, lorfque nous retour-nions à Quito vers la fin de l'année, après avoir mefuré notre premiere bafe, & lorfque nous nous arrêtâmes à Yllahalo pour y prendre les angles. Nous nous trouvâmes prefque tous raffemblés dans ce pofte le 5 Décembre 1736 ; nous nous féparâmes enfuite pour revenir à la Ville. Meffieurs les Officiers Efpagnols allerent fe loger dans une autre maifon , & ils eurent peu de tems après différentes affaires qui leur firent perdre de vûe les nôtres. (a)

M. de la Condamine s'accorde autant qu'il eft néceffaire avec Don George Juan dans quelques - unes des Lettres qu'il m'écrivit fur cette matiere depuis notre retour en France ; ou s'il fe trouve quelque différence dans leurs expofés, elle eft peu confidérable. Il reconnoît qu'il fe peut faire que je n'aie point pris une fauffe alarme, fi j'ai crû qu'il fouhaitoit lui - même , vers le mois de Septembre ou d'Octobre 1736, qu'on commençât par la mefure de l'Equateur , & fi j'ai fait entrer cette circonftance dans une proteftation dont j'aurai occafion de parler. (b)

Je paffe aux Lettres que m'écrivit M. Verguin , actuellement Ingénieur en chef de la Marine à Toulon. Son témoignage a d'autant plus de poids, qu'il ne me marqua rien que d'après fon Journal. Dans fa feconde Lettre, qui eft du 7 Août 1748 , il fe flatte que fa premiere réponfe fixe affez le tems auquel on s'eft déterminé à commencer par la mefure du Méridien préférablement

à

(a) A nueftra llegada à Quito que fue à mediados del año 1736. no hay duda en que eftaba M. Godin en medir primero el Equador ; y en efta opinion tampoco hay duda que fe mantuvo hafta que bolvimos de medir la bafe y de tomar los angulos en Yllalo. Defpues de efto, y que entramos en 1737. bien fabe vmd el trabajo en que me halle, y que era tal que no daba lugar à que fe penfaffe en otras cofas. *Lettre de Don Georges Juan, datée de Madrid le 16 Juin 1748.*

(b) Si le refte de la proteftation l'énonce clairement, j'avouerai ce dont j'avois en effet perdu le fouvenir, qui eft que vers le mois de Septembre ou d'Octobre 1736. j'étois d'avis, je ne fçais pas pourquoi, de commencer par l'Equateur. Si vous l'avez écrit dans le tems dans votre proteftation , je ne vous accuferai point de vous être trompé en me prêtant cette idée, & d'avoir eu une fauffe alarme. *Lettre de M. de la Condamine du 31 Mai 1748.*

à celle de l'Equateur, & il ajoûte que les dates des préparatifs pour les différens voyages le long de l'Equateur, ou le long du Méridien, forment des époques qui décident la queftion. (*)

En effet, dans un pays que fes propres habitans ne connoiffoient pas, & dont il n'y avoit pas de Carte, il étoit comme impoffible de mefurer des arcs du Méridien & de l'Equateur, tant qu'on n'avoit pas préalablement reconnu le terrein dans les deux différentes directions. Il n'eft pas moins certain que c'étoit fe déclarer pour une des deux mefures, & lui donner la préférence, que de n'examiner le terrein que dans un feul fens. Nous fommes tous d'accord fur ce point : nous convenons que l'examen préparatoire indiquoit l'opération que nous allions entreprendre. Je prouverois aifément que c'eft auffi ce que penfe M. de la Condamine ; j'aurai occafion de citer plus bas une de fes Lettres du 3 Mai 1748. qui fera affez voir que c'eft réellement fon fentiment. Ainfi, auffi-tôt que M. Godin renonça au voyage qu'il fe propofoit de faire vers la côte, ou vers l'Oueft, pour reconnoître la route de l'Equateur, & qu'on alla, au contraire au Nord & au Sud de Quito, il devenoit comme décidé que nous commencerions par la mefure des degrés du Méridien.

Il nous fuffit, après cela, de donner un moment d'attention à la première Lettre de M. Verguin, qui eft du 8 Mai 1748. Le voyage qu'il devoit faire lui-même, felon le premier projet, pour reconnoître le terrein de l'Equateur, fut réfolu long-tems avant ceux qu'on fit au

(*) Je crois que la réponfe que je fis à ce fujet à M. de la Condamine, peu de tems après la vôtre, lui aura rappellé le tems à peu près qu'on s'eft déterminé à commencer par la mefure du Méridien préférablement à celle de l'Equateur. . . . . Je n'ai avancé dans l'une comme dans l'autre, que ce que j'ai trouvé dans mon Journal qui eût rapport à la queftion. Mais les dates des préparatifs pour les voyages de la côte, & celles de votre voyage au Nord de Quito, & du mien au Sud, font des époques affez fortes pour décider la queftion. . . . . Toulon 7 Août 1748. figné, Verguin.

Nord & au Sud de Quito. On avoit fait expédier des ordres vers la côte, d'où un homme vint exprès pour nous donner des inſtruĉtions. M. Verguin n'a pas marqué dans ſa Lettre différens faits, dont je crois me ſouvenir : on fit en divers endroits de grands feux ſur le bord de la Mer, & j'ai vû faire à Quito une tente pour ce voyage, & divers autres préparatifs. C'étoit alors M. Godin qui devoit l'entreprendre. M. Verguin, qui ne fait pas entrer cette diſtinĉtion dans ſon détail, aſſure qu'il s'agiſſoit de ce voyage le 19 Janvier 1737. lorſque M. de la Condamine partit pour Lima, & qu'il en étoit encore queſtion à la fin du mois ; mais qu'il ne ſçait ſi les voyages du Méridien furent réſolus devant ou après la première réception des ordres du Roi arrivés le 9 Mars 1737. (*)

Il eſt bien facile d'expliquer pourquoi M. Verguin n'a pas marqué dans ſon Journal l'époque préciſe du changement dont il s'agit. C'eſt que pendant que j'approuvois le voyage qu'on devoit faire vers la côte, & que j'y donnois les mains, je ſollicitois continuellement pour qu'on

---

(*) Pour ſatisfaire à la demande que vous me faites, au ſujet du tems auquel on s'eſt déterminé de commencer plutôt par la meſure des degrés du Méridien que par celle de l'Equateur, j'ai eu recours à mon Journal, & je puis vous aſſurer que M. de la Condamine étant encore à Quito au commencement de Janvier 1737, je devois aller à la côte pour reconnoître le terrein (de l'Equateur) & en dreſſer une carte . . . . que nous fîmes venir un homme qui avoit fait le chemin de Quito à la côte paſſant par Santo Domingo, pour nous donner des inſtruĉtions . . . . M. de la Condamine partit le 19 Janvier de la même année, pour Lima ; il ne put pas me laiſſer ſon petit quart de cercle, lui étant néceſſaire pour ſon voyage. Ainſi, quand il partit, ce voyage ſubſiſtoit toujours. Je n'ai rien trouvé dans mon Journal qui me rappelle le tems fixe auquel il n'en a plus été queſtion . . . . Ce qu'il y a de ſûr, c'eſt que M. de la Condamine étoit parti pour Lima quand l'affaire des Eſpagnols avec le Préſident Araujo arriva ; puiſque ce fut le 30 du même mois de Janvier, & il étoit encore queſtion de ce voyage (vers la côte.) Le 9 Mars ſuivant nous reçûmes l'ordre du Miniſtre, de ne pas meſurer la valeur des degrés de l'Equateur, mais ſeulement celle des degrés du Méridien aux environs de l'Equateur ; je ne me rappelle pas ſi c'eſt devant ou après cet ordre, que nous réſolûmes de lever la Carte du terrein par où devoit paſſer le Méridien. *Toulon 8 Mai 1748. Signé,* Verguin.

fit le voyage du Méridien, & je m'offrois à le faire moi-
même, ce qui pouvoit le faire regarder comme toujours
prêt à être entrepris. J'affignois fans ceffe à chacune des
deux opérations, le rang qui lui convenoit. Heureufement
je me fuis expliqué, fur ce fujet, dans un écrit qui eft
public depuis long - tems. On le trouvera dans notre
Volume de 1736. & on y verra que je ne donnois point
une exclufion abfolue à la mefure de l'Equateur; mais
que je ne pouvois approuver qu'on regardât cette opération comme la premiere, au préjudice de l'autre.

Quoiqu'il en foit, M. de la Condamine en partant
pour Lima, & en continuant à fournir les fommes qu'il
s'étoit engagé de nous prêter, laiffa exprès cinq à fix cens
piaftres pour le voyage de la côte; mais il ne deftina
aucun argent pour celui du Méridien, & j'ai même tout
lieu de croire qu'il oublia de le recommander dans fes
Lettres à M. Godin, quoique je l'euffe fortement prié
de vouloir bien s'en fouvenir, lorfqu'il partit de Quito.
Je me fuis expliqué dans les Mémoires de 1744. au bas
de la page 282. comme s'il m'avoit appuyé dans cette
rencontre; mais on verra dans un inftant, que j'ai dû
en douter, lorfque j'ai confulté mes papiers avec plus
de foin. D'un autre côté M. Godin, en recevant l'ordre
qui nous difpenfoit de la mefure de l'Equateur, crut avoir
des raifons de tenir le tout fecret, & ne s'ouvrit pas fur
le parti qu'il embrafferoit. Il réfulte de tout cela que
l'avis pour lequel je m'étois toujours déclaré, ne dût
prendre le deffus que peu-à-peu & prefque impercepti-
blement.

I I I.

Mais fi le Journal de M. Verguin montre fans équivoque, qu'on a regardé la mefure du Méridien comme
la moins importante jufqu'à la fin de Janvier 1737, je
puis faire voir qu'on penfoit encore de la même maniere
le mois fuivant. J'avois l'honneur d'écrire à M. le Comte

de Maurepas le 15 de ce mois, & après avoir dit, en parlant de M. Godin, *qu'il me paroissoit bien résolu de commencer par l'Equateur,* j'ajoûtois, quelques lignes plus bas, *que je ne pouvois manquer, vû toutes les considérations dont l'évidence me frappoit, d'employer toutes les voyes raisonnables, & même d'en venir aux protestations pour m'opposer à cette résolution.*

Il faut remarquer que je puis justifier que ma Lettre fut reçûe par le Ministre, & je puis même aussi produire le brouillon de la protestation qu'il ne me restoit qu'à faire transcrire : on y appercevroit tous les caracteres d'un écrit dressé il y a long-tems, & dans les pays éloignés. Mais la loi que je me suis imposée de ne me pas fonder à l'égard des faits importans sur mon propre témoignage, m'oblige d'avoir recours à celui de M. Godin.

M. le Comte de Maurepas voulut bien me faire délivrer en 1748. une copie certifiée par M. Meinard, d'une Lettre de cet Académicien du 17 Février 1737. Cette Lettre est parfaitement d'accord avec celle que j'écrivois deux jours auparavant, & dont je viens d'emprunter quelques traits. Nous étions fidèles, M. Godin & moi, dans les exposés que nous faisions ; nous nous comportions avec droiture ; & agissant avec la plus extrême candeur, nous ne cherchions en aucune maniere à altérer la vérité.

Il parloit d'abord d'un traité fait le 18 Août 1736, au sujet de douze mille piastres que nous prêtoit M. de la Condamine. Il passoit ensuite à l'opération de la base, sans oublier l'accord entre nos mesures, & après avoir dit que les pluyes avoient fait cesser notre travail, & que M. de la Condamine étoit allé à Lima, il ajoûtoit en propres termes ; *je profiterai de ce même Hyver pour parcourir & reconnoître le terrein d'ici à la côte, & planter des signaux sur les montagnes qui se trouveront propres à appuyer nos triangles ; de cette maniere, & si cela me réussit, notre mesure de l'Equateur deviendra facile & courte.* Il change après cela de fujet, il parle de la mort d'un de nos compagnons de voyage, M. Couplet, & dans toute fa Lettre il n'eft nullement queftion de la mefure des degrés du Méridien. Il ne dit rien non plus des inftances que je faifois pour qu'on allât reconnoître le terrein au Nord & au Sud de Quito. Forte preuve que ces derniers voyages n'étoient pas encore réfolus, quoique j'en repréfentaffe continuellement l'indifpenfable néceffité.

Lorfque M. Godin écrivoit ainfi en Février 1737, & qu'il rendoit compte au Miniftre de tout ce qui s'étoit paffé de confidérable depuis le mois d'Août 1736, il ne prévoyoit pas qu'il feroit obligé de renoncer en peu de jours à fon projet, pour ne s'occuper uniquement que de la mefure du Méridien. J'ai déja dit, en parlant de la réception des premiers ordres, qu'il répondit qu'il rempliroit les intentions du Roi. Il nous l'apprit lorfqu'il n'eut plus de motif pour garder le fecret, & je m'en fuis affuré par moi-même depuis mon retour en Europe, quoiqu'il ne me fût pas poffible d'en douter.

J'ajoûterai, de plus, que M. Godin tourna toutes fes vûes, comme il le devoit, vers la mefure du Méridien ; ce qui montre qu'il ne fe propofoit que le bien de la chofe. Lorfque la Cour exigea de lui qu'il fuivît le nouveau plan, il s'y livra avec le zèle qu'il avoit marqué pour l'autre. Je lui dois ce témoignage public, & le lui rends bien volontiers. Il ne fit pas le voyage de la côte, & il donna les mains à ceux que nous fîmes en Mai & en Juin M. Verguin & moi, au Sud & au Nord de Quito. Une autre preuve, mais qui m'eft fournie par un fait un peu poftérieur, c'eft qu'on fe donna de très - grands mouvemens au mois de Juillet ou d'Août fuivant, pour faire faire, par M. Verguin, le voyage manqué le long de l'Équateur ; ce qui nous eût condamnés à une inaction abfolue par le befoin que nous avions de cet Ingénieur, pour fituer nos fignaux dans leur place précife. M. Godin s'y oppofa, comme je puis le justifier par le témoignage même de M. de la Condamine.

I V.

Il résulte de tout ce que je viens d'exposer, que les ordres du Roi arrivés au mois de Mars 1737. produisirent le changement qui a fait réussir notre entreprise. Ils empêcherent M. Godin d'aller vers la Mer pour examiner le terrein de l'Equateur, & tout le reste en est une suite. C'est ce qui satisfait pleinement à quelques doutes que M. de la Condamine me faisoit l'honneur de me proposer depuis notre retour en France dans sa Lettre du 3 Mai 1748. *Comment concilier*, disoit-il, *le dessein où vous le supposez (M. Godin) de commencer notre travail par la mesure de l'Equateur, avec sa conduite subséquente; puisqu'il n'alla pas reconnoître le terrein vers l'Ouest de Quito pendant mon voyage de Lima, comme il se l'étoit proposé; puisqu'il ne consentit pas l'Eté suivant que M. Verguin suppléât à ce défaut, en suivant à la côte Don Joseph Maldonnando, Visiteur nommé par l'Evêque.* Ma réponse est bien simple, & elle sera tirée de la page 42.ᵉ de l'Introduction Historique, ou du dernier article de l'Écrit de M. de la Condamine dont j'ai parlé plus haut. M. Godin se conformoit aux ordres qu'il avoit déja reçûs.

Dès le 9 Mars cet Académicien & moi nous nous trouvâmes du même avis, quoique par des motifs différens; & nous commençâmes à agir comme de concert. Cependant le 12 du mois suivant j'écrivois encore à M. de Mairan, que j'ignorois, par laquelle des deux opérations nous commencerions : ma Lettre subsiste; M. de Mairan m'a fait la grace de me la remettre, après l'avoir apostillée & paraphée. Le tour que prirent ensuite nos affaires, surtout après que le terrein de la Méridienne eut été reconnu, ne me permettoit gueres de douter de l'ordre que nous mettrions dans notre travail. Il n'étoit pas nécessaire de voir bien loin l'avenir, pour pouvoir l'annoncer comme je le faifois dans les Lettres que j'écrivois alors à plufieurs perfonnes, nommément à feu M. Dufay le 24 Juillet 1737. Je ne fçais comment cette Lettre eſt tombée entre les mains de M. de la Condamine, qui en a fait imprimer un extrait, de même que d'une autre du mois d'Oĉtobre *. Mais pour revenir au choix entre nos opérations, comme j'ignorois toujours la vraie caufe des changemens que je remarquois, je devois les attribuer à l'enchaînement néceffaire de différentes circonftances que je n'étois pas en état d'expliquer.

Page 42 de l'Introduĉt.

Cependant comme il paroiffoit très-poffible que M. Godin revînt à fon premier projet, & que ceux d'entre nous qui avoient appuyé cet Académicien, n'avoient pas les mêmes motifs que lui, pour paffer fubitement d'un avis à l'autre, ils dûrent fe trouver confidérablement embarraffés. M. Godin les mettoit dans une fituation qu'il eſt affez difficile de repréfenter, lorfqu'il rendoit quelquefois équivoque la derniere réfolution qu'il prendroit. Nous les conduifions lui & moi, comme malgré eux, dans le chemin de la Méridienne. Il n'étoit pas néceffaire de venir pour cela à une délibération formelle : nous euffions de même, fans délibérer avec folemnité, embraffé la route de l'Equateur, fi les ordres du Roi n'étoient pas arrivés à propos. Il faut mettre au nombre des efforts inutiles qu'on fit pour nous détourner du Méridien, le voyage de M. Verguin vers la côte, propofé au mois d'Août. Je fuis fâché que M. de la Condamine en me parlant de ce voyage, dans fa Lettre du 3 Mai 1748, n'ait point nommé ceux qui s'en déclarérent les promoteurs. Je ne fus certainement pas de ce nombre : je fentois, au contraire, que ce voyage propofé fi à contre-tems, nous feroit extrêmement préjudiciable. M. Godin le défaprouva auffi fortement, & ce projet n'étoit pas non plus du goût de M. Verguin. Je fis ufage prefque dans le même-tems, du droit, dont je jouiffois, lorfque je me trouvois féparé de M. Godin;

car nous avions adopté différens fyftêmes de triangles.
J'abandonnai le fignal du haut de Pichincha le 6 Septembre 1737, & j'en fis placer, peu de jours après,
un autre beaucoup plus bas du côté oppofé à la Mer;
ce qui excluoit pour lors la mefure de l'Equateur, ou la
rejettoit après l'autre opération. Ce parti ne plaifoit pas
à tout le monde, comme je puis le faire voir par les Lettres que j'ai entre les mains; mais ceux qui n'en étoient
pas fatisfaits étoient contraints de céder au tems. Le 22
du même mois, je reçûs les duplicata des ordres du Roi
qui m'étoient adreffés; alors, comme je l'ai déja dit, le
myftere ceffa; & il fallut bien enfuite que nous nous
trouvaffions tous parfaitement d'accord.

V.

Réponfe à quelques objeftions.

Depuis que nous fommes de retour en France, on
m'a communiqué quelques écrits pour me convaincre
que je n'avois pas bien expofé le fait dont il s'agit dans
nos Mémoires de 1744. Je m'arrêterai ici feulement à
une réponfe que M. Clairaut fit le 3 Mars 1738. à une
Lettre du Pérou. *Je viens*, difoit-il, *de recevoir votre Lettre du mois de Janvier 1737, de Quito. . . . je fuis charmé
que vous foyez réfolus à préfent (au mois de Janvier 1737)
de mefurer d'abord le Méridien, & de ne pas trop vous atta-
cher à mefurer l'Equateur. Ç'auroit été affreux fi M. Godin
ne vous avoit pas crû vous & M. Bouguer, puifque vous au-
riez pû paffer un tems très-confidérable fans fçavoir la figure
de la Terre, &c.*

Je ne puis m'empêcher d'avouer que je fus fort étonné en voyant cet extrait, que M. de la Condamine me
communiqua en 1748, lorfqu'il penfoit que je n'avois
rien à y oppofer. La reftriction que forme le mot à préfent, infinue néanmoins qu'on s'étoit d'abord propofé de

commencer par la mefure de l'Equateur, & elle confirme les autres preuves que j'en ai données. On ne doit pas foupçonner que je me fois trompé en tranfcrivant cet extrait : le mot *à préfent* s'y trouve ; je ne fçais fi on l'ajoûta par inadvertance en m'écrivant il y a trois ou quatre ans , ou fi on l'a oublié depuis dans l'impreffion * ; tout ce que je puis dire, c'eft que la copie que je donne eft fidèle. Il me paroît auffi que M. de la Condamine ne devoit pas retrancher ces trois ou quatre mots ; *f'auroit été affreux fi &c.*

*Voyez page 43 de l'Introduct. Hift.

Au furplus , il falloit néceffairement que M. Clairaut ne lut pas avec affez d'attention la Lettre qu'il recevoit, ou que M. de la Condamine à qui il répondoit, eut eû quelque intention de fe déclarer en faveur de mon avis; ce qu'il ne fit cependant pas, foit par oubli, foit parce qu'il crut avoir des raifons pour agir autrement. Je remarquai quelque tems avant que cet Académicien partit pour Lima, qu'il ne difputoit plus avec la même chaleur, & qu'il gardoit même fouvent le filence, lorfque je remettois cette matiere fur le tapis. Peut-être fe propofa-t-il quelquefois de fe joindre à moi, & qu'il regarda alors comme indubitable , que nous commencerions par la mefure du Méridien, à caufe d'une des claufes du traité fait le 18 Août 1736. entre les trois Académiciens, laquelle portoit expreffément, que toutes nos affaires fe régleroient à la pluralité des voix. Mais fi M. de la Condamine eût réellement cette intention , elle ne fut que paffagere, & il eft certain qu'il n'agit pas en conféquence.

Qu'on confidere le nombre de témoins qui font invariables dans leur dépofition , & qu'on faffe attention aux circonftances dans lefquelles ils dépofent; on ne peut pas les foupçonner d'avoir voulu défigurer la vérité. L'un écrit tranquillement fur fon Journal les chofes qu'il voit, & qu'il n'a nul intérêt d'altérer; il n'eft abfolument queftion dans fon Journal que de l'examen du terrein de l'Equateur, dans le tems du départ de M. de la Conda-

C

mine pour Lima, & pendant tout le mois de Janvier 1737. l'autre comme Directeur de notre compagnie, rend compte au Ministre, de l'état de nos affaires, & de ce qu'il se propose d'exécuter. De mon côté, je n'avois garde d'aller marquer à M. le Comte de Maurepas, que nous nous proposions de commencer par la mesure de l'Equateur, si nous nous disposions réellement à commencer par le Méridien. Il faut remarquer, outre cela, que la Lettre de M. Godin & la mienne, ne peuvent pas avoir été concertées, & que jamais le témoignage de deux personnes n'a mieux constaté un fait. Cet Académicien marque qu'il va commencer par l'Equateur, & j'écris dans le même tems, que je compte protester solemnellement contre cette résolution, si on l'exécute. Nous avons donc droit d'être crus, & il faut nécessairement qu'il se soit glissé quelque équivoque dans l'autre récit, qu'on eut fait aussi-bien de supprimer.

Je puis encore détruire l'effet de la Lettre de M. Clairaut, par une autre autorité qui en vaut seule une infinité d'autres, & qui montre qu'on n'étoit réellement occupé à Quito, que de la mesure de l'Equateur avant la première réception des ordres du Roi. M. de la Condamine, à qui je recommandai lorsqu'il alloit à Lima, de penser un peu au voyage de la Méridienne dans ses Lettres à M. Godin, l'oublia, selon toutes les apparences, & en m'écrivant il ne parloit jamais que de l'autre voyage. Je souhaitois qu'on entreprit les deux en même-tems, parce que nous étions un assez grand nombre de personnes pour faire ces examens préparatoires, pendant que la saison des pluyes nous interdisoit tout autre ouvrage. On jugera par la maniere dont m'écrivoit M. de la Condamine, s'il étoit effectivement du même avis. *Je souhaite*, disoit-il dans sa Lettre de Loxa du 4 Février 1737. *que ma Lettre trouve M. Godin parti, mais je crains qu'il ne le soit pas encore.* Une autre de ses Lettres datée de Santa le 21 du même mois est encore plus expresse,

& permet auſſi peu d'ignorer dans quelle réſolution on étoit à Quito à ſon départ. Il m'envoyoit des obſervations qu'il avoit faites en route, & il ajoûtoit : *vous pouvez faire part de ces obſervations telles quelles à M. Godin, ſauf un plus amplement informé, mais je crois que ma Lettre ne le trouvera plus à Quito.*

On voit que M. de la Condamine ſoupçonnoit que M. Godin étoit abſent, par la même raiſon que dans ſa Lettre du 4 du même mois, il craignoit qu'il ne le fût pas encore. Il eſt certain, d'ailleurs, & toutes les autres citations que j'ai employées le prouvent, qu'on ne peut interpréter l'abſence dont il s'agit, que par le voyage de la côte ou le long de l'Equateur. Enfin, M. de la Condamine, qui ne peut pas ſe vanter d'avoir bien prévû cette fois, ſuppoſe que M. Verguin & moi nous reſtons à la Ville, & il nous y conſtitue ſes Agens, parce qu'il ne préſume pas que je réuſſiſſe à faire agréer le voyage au Nord & au Sud, pour lequel il s'intéreſſoit trop peu. *Je vous demande en grace auſſi,* ajoûte-t-il, *de vouloir bien ſonger en l'abſence de M. Godin, à me louer un logement.... Je me recommande à vous, Monſieur, & à M. Verguin, pour m'envoyer par le premier courrier les pieces de mon compas à verge, &c.*

Il eſt donc clair que malgré mes continuelles repréſentions, les préparatifs pour la meſure de l'Equateur, attiroient toute l'attention & donnoient une vraie excluſion à tout le reſte. Si, afin d'en mieux juger, on veut ſuppoſer, pour un moment, que nous nous propoſions de commencer par le Méridien au mois de Février 1737, on rendra néceſſaires les voyages vers le Nord & vers le Sud de Quito. Mais qu'on remarque dans quelles étranges abſurdités on ſe jetteroit ! on négligeoit le ſeul examen qui fut important, celui du terrein du Méridien ; & on ne marquoit, au contraire, de l'empreſſement que pour le voyage de la côte, qui ne devoit avoir d'utilité qu'en quatre ou cinq ans.

Au furplus, il n'eft pas étonnant que je fois obligé de juftifier la réalité du fait dont il s'agit, puifqu'on a voulu le couvrir de nuages pendant même que nous étions au Pérou, en follicitant des certificats ou autres écrits équivalents. Il étoit naturel qu'on s'adreffât à moi pour les obtenir, & j'ai pû être expofé à d'affez fortes importunités. Tout le monde fçait jufqu'où on porte la complaifance, quand il s'agit de certifier, en général, les bonnes intentions de quelqu'un. Déterminé qu'on eft par l'envie de faire plaifir, on ne pèfe prefque jamais les conféquences que pourront avoir les louanges qu'on prodigue. Je pourrois avoir commis quelques fautes à cet égard par un excès de facilité; mais heureufement il eft rare que les atteftations mandiées ayent tout leur effet; la fuggeftion s'y manifefte toujours, parce qu'il n'eft pas poffible de faire plier toutes les circonftances. Quoiqu'il en foit, on verra à la fin de cet article, un certificat qui n'eft pas de la même efpece, & qui eft bien propre à rétablir la vérité dans tous fes droits. Il n'a certainement pas été accordé aux inftances de la perfonne qu'il intéreffe, qui étoit à deux ou trois mille lieües de diftance, & qui a ignoré jufqu'à préfent le fervice que je lui rendois.

M. Verguin, dans l'atteftation que je lui ai demandée, parle incidemment du traité du 18 Août 1736. dont M. Godin faifoit mention dans fa Lettre du 17 Février 1737, à M. le Comte de Maurepas. Quant au fait principal attefté par M. Verguin, comme il eft du nombre de ceux dont la mémoire fe charge aifément, & qu'il s'agit de détruire une imputation qui feroit auffi fauffe qu'injufte; je fuis bien fûr que cet Ingénieur ne feroit pas difficulté de l'affirmer par un ferment juridique (*). Je déclare que je fuis prêt à faire la même

(*) Je fouffigné Ingénieur ordinaire de la Marine, correfpondant de l'Académie Royale des Sciences, ayant été envoyé par ordre du Roi en chofe, & je m'imagine que fi l'on interpelloit M. de la Condamine, il ne refuferoit pas de fe joindre à nous pour contribuer à une auffi bonne action. Si M. Godin avoit été feul de fon avis, lorfqu'il vouloit commencer nos opérations par la mefure de l'Equateur, les perfonnes dont les droits auroient été violés n'euffent-elles pas fait retentir leurs cris jufqu'en Europe? Aurois-je confenti à demeurer caution des fommes que M. de la Condamine prêtoit à notre Compagnie, & cet Académicien eût-il continué à les fournir malgré la violation d'une condition qui faifoit une des bafes de notre traité? M. de la Condamine ne fe fût il pas plaint que M. Godin manquoit à fes engagemens les plus folemnels, & aurois-je manqué d'infifter fur cette même circonftance dans mes Lettres à M. le Comte de Maurepas?

1735. à l'Amérique Méridionale en qualité d'Ingénieur de la Marine, pour aider Meffieurs les Académiciens, tant aux opérations Géométriques, qu'aux obfervations Aftronomiques qu'ils fe propofoient de faire aux environs de l'Equateur pour déterminer la figure de la Terre, déclare ne m'être point apperçû par les différens difcours que j'ai entendus, ni par la conduite qu'on a tenue au fujet de l'ouvrage, que M. Godin eût violé le traité du mois d'Août 1736, par lequel il étoit enjoint que tout devoit fe faire à la pluralité des voix entre les Académiciens, & que fi quelque Lettre ou quelque autre écrit infinue le contraire, ou charge M. Godin de cette faute, je fuis fûr que cet écrit a été fondé fur quelque expofé peu exact. En foi dequoi j'ai figné à Toulon ce 26 Décembre 1749.

Signé, VERGUIN, Ingénieur ordinaire de la Marine.

SECONDE PARTIE.

Que pendant que je travaillois au Pérou à rendre mes obser-
vations les plus exactes qu'il m'étoit possible, je ne négli-
geois rien pour faire réussir celles de mes Collègues.

ON est à plaindre lorsqu'on est réduit, comme je
suis, à donner le titre qu'on voit à cette seconde
Partie. Les apologies n'intéressent guéres le Public, qui
n'écoûte pas volontiers les discussions de faits qui ne lui
apprennent rien d'utile ; cependant nous nous trouvons
quelquefois obligés de plaider notre cause devant le tri-
bunal de ce même Public, qui dédaigne nos explica-
tions & les éclaircissemens qui ne sont propres qu'à nous
justifier. Mais toutes les fois que nous pouvons nous
rendre témoignage de l'injustice des soupçons qu'on fait
naître contre notre candeur, nous ne pouvons nous dispenser de faire tout ce qui est en nous pour les détruire.

I.

De l'état où se trouvoit en 1735. lorsque nous partîmes
d'Europe, la partie pratique de l'Astronomie,
qui avoit rapport à nos opérations.

J'ai parlé dans le Livre de la Figure de la Terre déterminée par les observations faites au Pérou , & dans le
Prospectus de ce même ouvrage, de deux Procès verbaux
ou rapports que je dressai aux deux extrêmités de la Mé-
dienne , pour rendre compte de toutes les précautions
prises dans les observations. J'ai marqué à la page 228,
l'usage que pouvoient avoir ces deux Écrits ; ils devoient
servir à constater les faits, pendant qu'un troisiéme Mé-

moire auquel je travaillai presque dans le même tems
& qui leur étoit relatif, contenoit des réfléxions. Une
émulation portée trop loin s'étoit malheureusement in-
troduite entre nous, & presque rien ne se faisant de concert, nous nous trouvions privés du conseil les uns des
autres. Notre conduite n'excluoit pas le désir de bien faire
& de remplir parfaitement l'objet de notre mission ; il se
peut même qu'elle fut regardée comme un moyen nécessaire pour parvenir plus sûrement à ce but. Je suis en état
de prouver que je fis part de toutes mes remarques, tant
que je cru que les observations se feroient en commun ;
mais lorsque je vis que la séparation étoit absolument ré-
solue, je dûs ouvrir les yeux sur ses suites fâcheuses, &
craindre de travailler contre mes propres intérêts, ou
même, de nuire au succès général de notre voyage, si je
n'usois de quelque réserve. Nous pouvions revenir en
Europe avec des avis tout différents sur la grandeur du
degré ; je sentis combien il étoit indispensable de prévenir
l'indécision où l'Académie se trouveroit un jour, si nos
résultats ne s'accordoient pas.

Il eut été absurde d'en venir aux formalités que j'employois de mon côté, ou d'avoir recours aux rapports
légalisés par des Notaires, si les observations dont il
s'agissoit n'avoient pas été aussi délicates qu'elles l'étoient,
& si on n'en eut jamais fait que de bonnes ; mais lorsque
nous partîmes d'Europe en 1735, toute la partie pratique de l'Astronomie dont nous avions besoin, n'avoit
été expliquée d'une maniere parfaite dans aucun Livre,
& l'autorité de M. Picard pouvoit nous induire en erreur
dans les circonstances où nous nous trouvions, comme
je n'ai pas craint de le dire à la page 594 de nos Mémoires de 1746. J'avois l'honneur de parler alors en présence d'une Compagnie où les plus grands Astronomes
du Monde se trouvoient, & on n'eut pas manqué de me
contredire, si le fait que j'avançois n'eût pas été exactement vrai.

On s'en étoit rapporté aux ouvriers fur la fituation de
la lunette dans les quarts de cercles ou fecteurs mobi-
les , & les ouvriers n'y prenoient que très-peu garde :
Jufques-là que je trouvai une erreur de 4 ou 5 minutes
dans le parallélifme de la lunette avec le plan de l'inftrument dans 4 ou 5 quarts de cercle que nous avions avec
nous au Pérou ; ce que j'ai indiqué d'une maniere générale dans le Mémoire relatif aux deux Procès-verbaux. La
néceffité du parallélifme ne fe fait pas fentir lorfqu'on ob-
ferve des Aftres peu élevés : toutes les obfervations réuf-
fiffent alors , & on ne penfoit pas qu'il fût néceffaire de
porter les précautions plus loin , quand il s'agiffoit d'Aftre
très-voifin du Zénith. Ce n'eft pas certainement qu'il fût
difficile de placer la lunette parallelement à l'inftrument ;
mais perfonne n'en avoit fait voir l'extrême importance
dans la conftruction des fecteurs ou quarts de cercles mo-
biles. Au lieu de faire dépendre le fuccès de l'obfervation
de l'exactitude prefque fuperftitieufe avec laquelle il
falloit tracer une Méridienne dans l'Obfervatoire pour di-
riger l'inftrument , on croyoit fouvent avoir fatisfait à tout
en faififfant l'Aftre dans l'inftant de fa médiation ou de
fon paffage par le Méridien , quoiqu'il arrivât quelquefois
que l'inftrument fut alors confidérablement éloigné du
plan de ce cercle.

Enfin on n'avoit pas reconnu combien il étoit néceffaire de donner à la lunette la même longueur, qu'au
rayon de l'inftrument, afin de pouvoir remédier à la fléxion du rayon, en attachant l'objectif au haut, & le
foyer au bas. Il eft vrai que M. Picard avoit prefque
rempli ces dernieres conditions ; mais comme il ne paroiffoit pas qu'il les eut regardé comme des précautions,
il étoit naturel de penfer qu'il n'avoit été déterminé à
donner cette forme à fon fecteur, que par des raifons de
convenance, & on ne l'avoit pas toûjours imité. On avoit
joint des lunettes très-courtes à de très-grands inftruments, & on n'avoit pas foupçonné, faute d'examen

particulier,

particulier, que la fléxion des plus fortes barres de fer, fut capable d'altérer les obſervations, & d'y introduire des erreurs de 40 ou 50 ſecondes, & même de plus d'une minute.

J'ai traité de toutes ces choſes dans la quatriéme Section du Livre de la Figure de la Terre, & je m'imagine bien qu'il ſe trouvera quelqu'un maintenant qui ſoutiendra que mes remarques étoient très-faciles à faire, & que le tout ſe réduiſoit à ces expédients ou moyens que les circonſtances ou le beſoin ſuggerent dans l'occaſion à chaque Obſervateur. Cette prétention injuſte ne ſera pas confirmée par l'Hiſtoire de l'Aſtronomie, ſi on l'écrit avec fidélité, & ſi on la continue juſqu'à ces derniers tems. Les plus grands Obſervateurs, les Picards * & d'autres grands hommes, avoient reconnu combien il étoit difficile d'obſerver la hauteur Méridienne des étoiles qui ſont très-voiſines du Zénith, & on ne trouvera nulle part qu'on eut marqué depuis 80 ans l'origine de cette difficulté, qu'il étoit cependant de la plus grande importance de découvrir.

Il eſt fâcheux pour moi d'être obligé de parler à mon avantage; mais j'ai été le premier à rompre le voile qui couvroit cette matiere, j'ai reclamé le premier contre l'erreur dans laquelle on tomboit; ce qui fera qu'on l'évitera dans la ſuite, & quelque foibles que ſoient les lumieres que j'ai répandues ſur ce ſujet, je ne crains point de dire qu'elles manquoient dans nos Livres. Je crois avoir trouvé quelquefois des choſes plus difficiles; ſi on refuſe à celles dont il s'agit le titre de Découvertes, je ne conteſterai pas ſur le nom, mais tout eſt précieux en fait de pratique; j'ai été extrêmement flatté d'avoir pû rendre ce ſervice à l'Académie & au Public, en me tournant du côté qu'il falloit, & en faiſant aſſez à tems mes remarques, pour qu'elles aſſûraſſent le ſuccès de nos Obſervations. Je n'ai encore jamais penſé à rien dont l'utilité ait été plus prochaine & plus grande.

* Voyez la meſure de la Terre par M. l'Abbé Picard vers la fin de l'art. X. ou à la page 76. de l'Edit. donnée par M. de Maupertuis.

D

Le péril étoit grand, puifque lorfque nous obfervions Orion en 1737, pendant que nous travaillions à la détermination de l'obliquité de l'écliptique, nous commettions la plufpart des fautes que je condamne maintenant ; Je l'avois infinué dans le Livre de la Figure de la Terre, * & je l'ai déclaré expreffément dans les Mémoires de 1746 à la page 599 ; il eut été inutile de vouloir diffimuler une chofe qui eft vifible à tous ceux qui fe donneront la peine d'examiner les deux Mémoires que nous envoyâmes à M. Halley fur ces premieres obfervations, & qui ont été traduits en Anglois. Il y a malheureufement une infinité de fituations obliques de la lunette contre une feule fituation parallele, & on ne doit pas préfumer que l'Artifte qui conftruifit le Secteur que nous portâmes de France au Pérou, y regardât de bien près, puifque M. Camus nous a affûré plufieurs fois en pleine Académie, que ce ne fut qu'après le voyage du cercle polaire, qu'il le détermina à pouffer le fcrupule plus loin dans de nouveaux inftruments qu'on lui demanda.

*Voyez pag. 256 & 273.

Le défaut de parallélifme devoit être fort confidérable dans notre fecteur, fi j'en juge par les difficultés que nous éprouvâmes. Nous trouvions une incompatibilité continuelle entre diverfes conditions importantes, fans fçavoir d'où elle venoit ; les obfervations fouvent ne s'accordoient pas, & les différences en étoient fort grandes. J'avoue que c'eft ce qui m'obligea de méditer dans la fuite fur cette matiere ; nous pouvions nous tromper également dans nos autres obfervations, en nous conformant toûjours à la maxime dangéreufe de croire avoir fatisfait à tout, lorfque nous faififfions l'Aftre à l'inftant précis de la médiation. La faute n'eût peût être pas été remarquée fur le champ, & ne le feroit peut-être pas encore ; mais les erreurs de Théorie comme celles de calcul ne fe cachent jamais, on ouvre les yeux dans un tems ou dans un autre, & lorfqu'on fe fût avifé de pèfer toutes les circonftances de notre travail, on eût reconnu combien il méritoit peu de confiance.

II.

De l'utilité que pouvoient avoir les Procès verbaux dreſſés aux deux extrêmités de la Méridienne après les obſervations.

Il ſuit de-là que les Procès-verbaux dreſſés aux deux extrêmités de la Méridienne , de même que le Mémoire raiſonné qui devoit y ſervir de ſupplément pouvoient avoir deux uſages ; ils ſervoient en général à paſſer l'épon-ge ſur nos anciennes fautes , & ils pouvoient outre cela devenir des pieces extrêmement importantes dans la dé-ciſion du Procès en Europe , ſuppoſé qu'il y eut quelque diſpute. L'extrême candeur en fait d'obſervations n'eſt pas abſolument commune , l'Obſervateur ſe dit à lui-mê-me qu'il ne fait tort à perſonne en donnant à ſon tra-vail une plus grande apparence d'exactitude , & il a be-ſoin d'un certain caractere d'eſprit pour convenir de ſes fautes avec ingénuité ; la tentation ſeroit preſque inſur-montable s'il s'agiſſoit d'opérations qui ont duré pluſieurs années, qui ont couté des peines infinies & de grands frais , & qu'on s'apperçût qu'on va laiſſer entrevoir qu'on en a perdu tout le fruit. Je ne pouvois donc prendre trop de meſures pour me mettre en état de juſtifier que les obſervations de 1739 , & toutes les poſtérieures n'étoient pas faites ſur le modèle de celles de 1737 , dont nous nous étions hâté d'envoyer en Europe le détail

Les obſervations de 1739 ne réuſſirent pas encore, il eſt vrai ; l'inſtrument ne ſe trouva pas aſſez ſolide dans les parties qui ſoutenoient la lunette ; il ne m'étoit pas en-core venu en penſée de faire ces expériences , dont j'ai rendu compte ſur la fléxion des corps ſolides ; expé-riences qui ſont les premieres que je ſçache qui ayent été faites dans ce genre , & les ſeules qui ayent été faites à propos. Malgré cela les Procès-verbaux ne montrent pas moins que nous nous ſommes relevés en 1739 , de l'er-reur autoriſée par M. Picard , & ils ſervent également à trancher le nœud de la difpute dans une infinité de cas. On voit de plus, que pour leur conferver cette utilité, il falloit les réferver pour l'occafion, & inviter en même-tems les autres Obfervateurs, comme je le fis effectivement, à conftater de la même maniere ou par quelque moyen équivalent les nouvelles précautions qu'ils prendroient de leur côté dans leurs obfervations.

Cette efpece de miftere n'avoit rien qui n'allât au bien de notre miffion. Il me parut que l'Académie n'y trouva rien à redire, & qu'au contraire elle l'approuva, quoique je fupprimaffe une partie de mes raifons, lorfque j'eus l'honneur de foumettre à fon jugement l'endroit de * Voyez la mon Livre * où j'en parlois, & que je fouhaitai dans page 228. l'Affemblée du 17 Février 1745, qu'on paraphât le Mé-moire qui fervoit de fupplément aux Procès-verbaux. Il me paroît que je ne pouvois rien faire de mieux pour remédier au mal qui devoit naître de la diverfité de nos avis, entre lefquels on n'eût fçû en Europe comment choifir ; je faifois d'avance mes plus grands efforts pour faciliter le jugement que l'Académie feroit peut-être obligée de rendre, & il eft certain que le Mémoire relatif aux Procès-verbaux, qui prouvoit que ce n'avoit pas été un fcrupule aveugle qui m'avoit dicté toutes les attentions que j'avois eues dans nos obfervations, pouvoit devenir très-utile.

Mais malgré ce que j'ai fait pour faire réuffir la commiffion dont nous étions chargés, n'ai-je pas donné lieu à quelques plaintes ? M. de la Condamine a mis fon Certificat au bas des Procès-verbaux, au lieu qu'il n'a pas vû le Mémoire qui y étoit relatif : quand même cet Académicien diroit pour me difculper, qu'il s'imagine que cet écrit ne contient aucune découverte, ni rien qui intéreffât le fuccès de nos opérations, la chofe préfentée fous un certain afpect, me chargeroit toûjours en apparence d'un très-grand tort. Plufieurs perfonnes prévenues penferont autrement que M. de la Condamine fur la va-

leur que peuvent avoir les recherches contenues dans la
quatriéme fection de mon Livre, que j'ai tirées du Mémoire dont il s'agit. Ainfi elles foutiendront que j'ai mal
répondu aux intentions de l'Académie & aux vûes du
Miniftre, en dreffant un pareil écrit à l'infçû d'un Confrere avec lequel je travaillois de concert : * elles ajoute-
ront peut-être que M. de la Condamine n'en a été informé que 8 ou 9 ans après la date, & que je l'ai évidemment expofé aux rifques de manquer toutes fes obfervations.

    *Voyez page xix. Pref. de l'Introdu&. Hiftor.

  Je ne fçaurois affez exprimer combien je fuis fenfible à
des traits auffi injuftes, & j'avoue que c'eft principalement pour m'en mettre à couvert, & de quelques autres
de la même efpece que je prolongerai cet écrit; j'ai toûjours été attaché à mes devoirs, & c'eft me bleffer le
plus vivement, que de jetter de femblables doutes fur
mes bonnes intentions. Je ne me fuis propofé d'autre but
dans mon voyage que de me rendre utile; j'ai confenti
à revenir auffi peu riche du Pérou que j'y étois allé : je
ne m'y fuis laiffé diftraire par aucune de ces vûes de fortune qui y occupent prefque tous les hommes. Livré à
nos travaux je me fuis chargé des commiffions que les
autres refufoient; j'ai abandonné les Villes, je fuis allé
me confiner dans les déferts, auffi-tôt que j'ai cru qu'il
en réfultoit quelque utilité pour notre objet. Seroit-il jufte
après cela de me ravir l'unique bien que j'ai confenti à
rapporter de ces pays là, l'avantage que je crois avoir eu
de rendre quelque fervice affez confidérable ? Je puis
prouver d'ailleurs que j'ai donné les plus grandes marques de ma bonne volonté à M. de la Condamine, dans
le fort des obfervations duquel je ne pouvois m'intéreffer
davantage, quoiqu'on ne puiffe dire que très-impropre-
ment que nous travaillions de concert. Ce n'eft pas à
notre retour en France qu'il a appris que j'avois dreffé
un Mémoire relatif aux Procès-verbaux, il en a été informé fur les lieux mêmes. Pourquoi voudroit-on main-

tenant, en supprimant ou en niant toutes les circonstances qui me sont favorables, me faire un crime d'une chose qu'il a regardé lui-même au Pérou comme très-innocente? Il pensa sans doute & il ne se trompa pas, que si je ne lui remettois pas mon Mémoire, j'en suppléois de vive voix la communication d'une maniere plus prompte & plus simple.

I I I.

Quelle est l'espece de concert avec lequel les observations ont été faites au Pérou, & de l'intérêt particulier que j'ai pris dans le succès de celles de M. de la Condamine.

Je commencerai cet article en montrant que M. de la Condamine, qui ne s'en souvient pas, a eu connoissance sur les lieux, du Mémoire relatif aux Procès-verbaux. J'en tirerai la preuve d'une Lettre qu'il m'écrivoit le 28 Janvier 1742. pendant que nous étions à Quito, lorsque je le pressois d'aller à Tarqui pour s'y assurer par lui-même, que nos premieres observations faites à cette extrémité de la Méridienne étoient défectueuses. . . . . . *Je ne regarde pas,* disoit-il, *notre correspondance d'observations, comme seulement utile pour cacher le vrai motif de mon voyage à Tarqui. Il faudra bien quelque jour déclarer qu'il étoit nécessaire pour une autre raison, & que nos premieres observations, tant de fois répétées, & de tant de diverses manieres, étoient défectueuses, comme vous m'en assurez, par la fléxibilité des fourchettes qui portoient la lunette. S'il y avoit quelque faute en cela, vous sçavez que je n'ai eu nulle part à la construction de l'instrument: cela est assez clairement insinué dans le Procès-verbal de notre observation de Cochesqui, & je pense que vous n'aurez pas oublié cette circonstance dans le Mémoire que vous réservez pour l'Académie; je m'en rapporte à votre bonne foi.*

On voit que M. de la Condamine parle bien positivement d'un Écrit destiné pour l'Académie, qui a rapport à nos obfervations, & qui eft différent des Procès-verbaux. Ce fait, établi comme il l'eft, montre déja qu'on partoit d'une fuppofition fauffe dans les reproches qu'on me faifoit.

Il feroit fuperflus actuellement de donner à l'Académie le Mémoire dont il s'agit, à moins que ce ne fût pour y joindre les réflexions, que l'expérience & le tems m'ont fait faire depuis: les perfonnes qui me rendent juftice ne formeront aucun doute au fujet de ce même Écrit. M. de la Condamine marque le plus grand empreffement de le voir; il a même recours à l'autorité d'Horace pour m'engager à ne le pas laiffer dans les ténébres. J'ai cependant déja travaillé à l'en faire fortir, puifque je l'ai inféré prefque entiérement dans mon Livre, & que j'ai eu le foin d'en avertir mes Lecteurs. Ce Mémoire eft partagé en plufieurs articles, dont les premiers ont rapport à la conftruction des grands fecteurs; & M. de la Condamine, qui ne vouloit point faire conftruire d'inftrument, n'avoit nul befoin de mes remarques bonnes ou mauvaifes fur ce fujet. Celles qui fuivoient étoient plus du reffort de l'Obfervateur: elles rouloient fur la fituation du foyer des grandes lunettes; mais je puis affurer auffi que je les ai communiquées à tems, & c'eft ce que je ne laifferai pas fans quelques preuves. Je condamnois comme infuffifant l'ufage du diaphragme, ou de la pinnule oculaire qu'on met quelquefois devant l'œil, lorfque le reticule du micrometre ne fe trouve pas exactement au foyer. Mon Mémoire eft daté du 20 Mars 1740; ainfi je n'ai pû confeiller depuis à M. de la Condamine, comme il l'affure à la page 674 de nos Mémoires de 1746, de fe fervir de ce même diaphragme. J'ai pû lui parler des nouvelles tentatives que j'ai faites dans la fuite pour employer de rechef cette pinnule; mais je fuis fûr que j'ai fpécifié dans plufieurs de mes Lettres, que je l'appliquois alors d'une maniere particuliere.

Enfin je pésois dans le reste du Mémoire l'importance dont il est de rendre la lunette exactement parallele au plan de l'instrument : j'évaluois l'erreur à laquelle on est exposé dans les observations , lorsqu'on néglige cette condition , & je trouvois qu'il étoit encore infiniment plus important pour nous, de pousser le scrupule extrêmement loin sur la direction de la Méridienne qui nous servoit à disposer le secteur.

L'attention presque supestitieuse avec laquelle je travaillois à remplir cette derniere condition , suffisoit pour faire juger à tous ceux qui assistoient aux observations, que je la regardois comme absolument essentielle ; cette maniere de la recommander étoit plus courte, que d'engager quelqu'un à lire mon Mémoire. Nous avons chacun de nous des objets d'étude qui nous flattent davantage : outre cela le tems nous est souvent précieux , & il m'est arrivé plus d'une fois dans le voyage du Pérou, de remarquer que je prêtois fort inutilement différents papiers. Je m'expliquai une infinité de fois sur le peu de valeur des observations de 1737 , que nous fimes en tombant dans la faute de Théorie dont j'ai parlé plus haut; c'est ce que je puis protester, & je suis persuadé que M. de la Condamine n'affirmera pas le contraire. Je n'eus pas dans ce tems-là le bonheur d'être crû : cet Académicien soupçonna apparemment que je n'attachois de prix aux précautions que je prenois, que parce que je croyois les avoir imaginées. Une brochure qu'il reçût d'un de ses amis sur les opérations du cercle polaire, dans laquelle on proposoit le travail de M. Picard, comme le meilleur des modèles qu'on pût suivre, dût contribuer beaucoup à confirmer ces fausses idées, & à faire mépriser ce que je disois. En un mot, les Certificats que M. de la Condami-

* Voy. page 136 & 166. du Liv. de la mesure des 3 prem. degrés du Méridien.
ne mit au bas des deux Procès-verbaux *, furent précisément énoncés comme ils l'eussent été en 1737, lorsque nous jugions de la bonté de nos observations par un faux *criterium.* Au lieu de se donner pour témoin comme il

l'avoit

l'avoit été en effet de l'attention fcrupuleufe avec laquelle je mettois l'inftrument dans le plan du Méridien, il n'en fit abfolument aucune mention, ou bien il infifta fur la condition de la *médiation* qui ne fervoit à rien. Mais pour juger s'il y eut de ma faute, il fuffit de voir la maniere dont il a rapporté divers autres faits qui appartiennent au même tems.

M. de la Condamine dit à la page 659. de nos Mémoires de 1746, qu'il contribua à Tarqui le premier Octobre 1739. à affembler les pieces de l'inftrument, à donner à la lunette une fituation parallele au plan du fecteur, & à le fufpendre. Mais, felon ce qui eft rapporté à la page 114 de fon Livre, & felon le Journal de M. Verguin, qui eft conforme au mien, l'opération ne fut faite, au contraire, qu'après le départ de M. de la Condamine; puifqu'en allant à Cuenca, il me laiffa occupé à Tarqui à faire travailler à la charpente du toît, qui devoit foutenir l'inftrument (*). Je ne fçaurois foufcrire non plus à ce qu'il dit qu'il fe rendit à Cuenca pour preffer l'achevement du limbe. Cette circonftance lui eût fer-

---

(*) *Extrait du Journal de M. Verguin.* Le 1. (Octobre 1739.) nous avons marqué l'endroit où devoit être fufpendu le grand inftrument pour y enfoncer deux pieds droits, à l'extrémité defquels il y a un tenon où fera mife une traverfe en mortaife, fur laquelle fe feront les mouvemens de l'inftrument. M. de la Condamine eft parti pour Cuenca.

Le 2. le Charpentier a achevé de mettre en place la piece néceffaire pour la fufpenfion de l'inftrument, & la traverfe d'en-bas fur laquelle il doit porter, &c.

Le 3. M. Bouguer & moi nous avons monté le grand inftrument, adapté la lunette, &c. nous l'avons mife en place, & ajufté toutes les pieces qui doivent fervir à lui donner tous les mouvemens néceffaires lors des obfervations.

Le 4. Les hauteurs correfpondantes ont donné midi vrai à 12 h. 0'. 39''. M. Hugo eft venu le foir pour nous aider à monter le grand inftrument, ce que nous avions déja fait fans fon fecours.

Je me difpenfe de tranfcrire l'art. du 5. & celui du 6. qui eft le jour auquel revint M. de la Condamine ; mais il y eft auffi peu parlé de Méridienne, que dans les articles précédens, parce qu'elle ne fut effectivement tracée que long-tems après. M. Verguin m'a communiqué cet extrait dans fa Lettre datée de Toulon le 2 Décembre 1759.

E.

vi à motiver fon abfence ; au lieu qu'il fe contenta de
déclarer qu'il s'étoit abfenté, & il n'en allégua aucune
raifon dans fon Certificat, qu'on verra à la page 136
de fon Livre. Je puis juftifier auffi en produifant les co-
pies que j'ai confervées de quelques-unes de mes Lettres, qu'étant fur les lieux, nous n'avons jamais fait mention de cette abfence, que comme d'un voyage qui
n'avoit eu aucun rapport avec nos obfervations, & je
puis ajoûter que je m'en reffouviens parfaitement.

M. de la Condamine dit de plus (page 114 de fon
Livre) que le fieur Hugo me porta le limbe le 4 ; mais
je puis prouver par le Journal de M. Verguin & par le
mien, que l'inftrument fut abfolument monté le 3, fans
le fecours du fieur Hugo.

Je conviens que quelques-unes de ces circonftances
paroiffent peu confidérables ; mais il n'y avoit qu'à les
paffer fous filence, ou les rapporter exactement ; car
j'avois eu des raifons pour monter l'inftrument avant l'arrivée du fieur Hugo.

Il faut remarquer auffi que le Procès-verbal * prouve
que je n'entrepris pas de placer la lunette parallèlement
au plan de l'inftrument, pendant que le limbe étoit entre les mains de l'Ouvrier, comme M. de la Condamine
l'infinue dans l'endroit cité des Mémoires de 1746, (page
659) Si, contre la foi d'un rapport légalifé folemnelle-
ment, & muni du Certificat de cet Académicien, je me
laiffois charger d'une femblable faute, on pourroit croire
que je l'ai encore commife dans la fuite, & on feroit en
droit de douter de tous mes récits. Il ajoûte que la Méridienne fut tracée dans le même tems ; mais indépendamment de plufieurs autres preuves que j'ai par écrit du
contraire, le Procès-verbal marque encore affez clairement que je ne me hâtai pas de venir à cette opération
particuliere.

Le Soleil au commencement d'Octobre étoit très-
près de notre zénith. Je ne voulois pas que les erreurs

*Voyez le
bas de la
page 129.
du Liv. de
la mefure
des 3 pre-
miers deg.
du Méri-
dien.

dans la déclinaison de cet astre, ni celle de la latitude
du lieu de l'observation, influassent sur la direction de la
Méridienne, & il fallut pour cela attendre un tems assez considérable, dont je profitai aussi, il est vrai, pour
donner plus exactement à la lunette, sa longueur. C'est
pour cette raison, & parce que le Ciel couvert interrom-
poit souvent mon travail, qu'il est dit vers le commencement du rapport, que *pendant plus d'un mois nous n'a-
vons fait autre chose que reconnoître les changemens qu'il falloit faire à la direction de l'instrument.* Ce passage a fixé
l'attention de M. de la Condamine, qui l'a fait imprimer
dans son Livre en d'autres caracteres *, & il forme réellement une espece d'énigme qui seroit inexplicable, si
j'avois tracé la Méridienne les premiers jours d'Octobre. L'assemblage de toutes ces circonstances, dont M.
de la Condamine n'a pas été exactement informé, quoiqu'il ne fût pas possible que je lui en fisse mystere, com-
mencera sans doute à faire soupçonner que le concert
avec lequel les observations se faisoient, doit être entendu avec quelque restriction, & toute la suite de ce
discours fera voir la même chose.

* Voyez page 130.

Il est peut-être encore à propos d'avertir qu'à la place
de 9 ou 10 lignes que je viens d'analiser, dans l'extrait
que M. de la Condamine nous a lui-même donné de son
Livre, on trouve sur le Registre de l'Académie, un texte tout différent, mais qui n'est pas sujet aux mêmes difficultés, à cause de la généralité des termes dans lesquels
il est conçû. Au lieu qu'on lit à la page 659, dans l'imprimé, *le premier Octobre nous assemblâmes, &c.* on trouve
simplement sur le Registre : *les jours suivans on plaça la
lunette garnie du micrometre sur le rayon du secteur ; on la
rendit parallele au plan de l'instrument, on le suspendit,
on traça une Méridienne, & on tendit dans son allignement
un filet de cheveux noués bout-à-bout, auquel on rendoit le
limbe du secteur parallele chaque fois qu'on retournoit l'instrument, &c.* Cette *variante* m'a été fournie par M. de

Fouchy qui l'a certifiée ; ainsi le Regiſtre ne contient rien en cet endroit qui ſoit contradictoire avec les Procès-verbaux, ni avec le Journal de M. Verguin, ni avec le mien, ni avec le Livre de M. de la Condamine. Il eſt vrai auſſi qu'il n'ajoûte rien aux Certificats mis au bas des Procès-verbaux, ou qu'il n'en repare pas les omiſſions.

Toute narration n'eſt que le détail de pluſieurs faits qui, pris chacun à part, ne méritent ſouvent que peu d'atten-tion, mais qui ceſſent d'être indifférents, lorſqu'ils forment un tout & qu'ils concourent au même but. Chaque circonſ-tance eſt pour l'ordinaire comme un trait de plus, que l'Hiſ-torien ajoûte au tableau qu'il vouloit donner. Nous ne de-vons donc pas négliger de pèſer tout ce qui entre dans les récits de M. de la Condamine. Nous tirâmes un grand ſecours d'un expédient que je propoſai le premier à M. Godin, pour graduer nous-mêmes nos inſtrumens, & pour y marquer des arcs d'une grandeur déterminée, ſans être obligé d'avoir recours à aucune main étrangere. Cet expédient, qui a auſſi été imaginé par M. Caſſini de Thu-ry pendant notre abſence, conſiſte à rendre la corde de l'arc une partie aliquote exacte du rayon. Lorſque j'en fis part à M. Godin il me répondit qu'il y avoit auſſi penſé ; nous n'aurons point de diſpute lui & moi à cette occa-ſion. Mais M. de la Condamine décide le procès tout d'un coup, en diſant (page 120 & 121 de ſon Livre) qu'il avoit entendu parler de cet expédient à M. Godin, avant même notre départ de France. Cependant je puis faire voir une Lettre de ce dernier, qui devoit mieux s'en ſouvenir que perſonne, & qui me marquoit bien nette-ment que cette idée ne lui étoit venue qu'au Pérou. D'ailleurs je ſuis en état de prouver qu'il n'étoit pas diſ-poſé à la communiquer à tout le monde, lorſque je me cru obligé de m'ouvrir à lui ſur le même ſujet.

Un autre fait qui a encore rapport aux obſervations de 1739. M. de la Condamine dit au bas de la page 109, qu'il deſſina l'inſtrument tout monté, & qu'il prêta ſon deſſein à M. Verguin qui en tira une copie pour moi. Mais je puis aſſurer que M. Verguin ne m'a jamais fait de pareils deſſeins, & que je me donnai la peine de faire moi-même celui qu'on voit à page 182 de mon Livre (*). Nous allions au Pérou pour faire autre choſe que deſſiner des inſtrumens. Je ne releve auſſi le fait avancé par M. de la Condamine dans cette rencontre, que pour montrer qu'il ſe range dans la claſſe des premiers, & qu'il ne forme point d'exception.

Il n'a été queſtion, dans tous les détails précédens, que d'une obſervation dont le ſuccès ne fut pas heureux; ce qui n'empêche pas qu'elle ne fourniſſe une époque remarquable dans l'Hiſtoire de notre voyage. Je prenois, dès ce tems-là, des précautions nouvelles qui ont fait réuſſir nos obſervations poſtérieures, lorſque je ſuis parvenu à rendre plus ſolides les parties de l'inſtrument qui ſoutenoient la lunette. Ainſi il ne ſeroit pas juſte de me charger de la faute que je commis alors, & de ſe taire ſur tout le reſte. Un Hiſtorien impartial doit rapporter le bien comme le mal : s'il inſiſte ſur les choſes qui ſont déſavantageuſes à quelqu'un, il ne doit pas négliger de mettre dans l'autre baſſin de la balance tout ce qui peut former quelque eſpèce de compenſation, principalement s'il en a lui-même profité. Je fis mal de me repoſer, quoique dans une choſe de pure exécution, ſur l'expérience du ſieur Hugo, à qui M. de la Condamine donne de grands éloges. Mais, après tout, ſi l'on me reprochoit cette faute, ne ſerois-je pas en droit d'en appeller à la conſcience de ceux qui me fe-

_____

(*) Il eſt vrai que vous me montrâtes à Tarqui le deſſein de l'inſtrument tel que vous l'avez repréſenté dans la planche de la page 182, & que j'en examinai la perſpective, que je le gardai quelque tems dans ma chambre, & que je ne fis les deux différens deſſeins que j'ai, qu'après que vous m'eûtes montré & laiſſé le vôtre. Ainſi, Monſieur, le deſſein de cet inſtrument a été fait en premier lieu par vous. _Lettre que M. Verguin m'a écrite de Toulon._

roient ce reproche, & de leur demander s'il est bien sûr
qu'ils n'en eussent pas encore commis de plus grandes,
en rendant l'instrument vicieux même dans sa forme.
Le secteur de M. Godin étoit bien capable d'exciter notre émulation, & il l'excitoit en effet. Il avoit 20 pieds
de rayon, & il est certain que l'envie de suivre au moins
de loin un aussi habile Astronome devoit nous porter
naturellement à allonger le rayon de notre secteur. Cette
augmentation de rayon, eût rendu notre instrument,
non-seulement fort inférieur à celui de M. Godin, elle
l'eût rendu très-imparfait, parce que la lunette n'en étoit
que de 12 pieds. Toutes nos observations eussent ensuite
péché continuellement en excès, & nous n'eussions
fait, en les répétant, que nous confirmer dans notre
erreur.

M. de la Condamine eût été très-capable de faire
réussir seul notre travail, s'il eut eu le tems de s'y livrer
autant que je le faisois. Il s'appliquoit à des choses utiles : il a soutenu avec ce zèle qu'on lui connoît, le procès que nous avons eu dans ce pays-là, au sujet des pyra-
mides : il a défendu la mémoire du feu sieur Séniergues;
il nous a rendu une infinité d'autres services. Mais toutes ces choses enlevoient du tems; c'étoit un enchaînement d'affaires, & il n'étoit pas possible que M. de la
Condamine malgré son extrême activité, trouvât le
moyen de vacquer à tout.

Ainsi on auroit le plus grand tort du monde si on lui
donnoit quelque part au peu de succès des observations
de 1739. Il faut me considérer comme seul; je travaillois à m'instruire, & il me fallut du tems pour que
mes connoissances s'augmentassent peu à peu, pendant
que je n'étois aidé de personne. M. de la Condamine
dit (à la page 145 de son Livre) qu'il me fit part en 1742.
de ses conjectures sur le défaut de solidité de notre instrument : ces conjectures venoient un peu tard, & malgré cela je suis fâché qu'il ne les ait pas fait imprimer

dans les propres termes qu'il me les communiqua. J'ai ses Lettres ; on verroit qu'elles servent de confirmation à tout ce que j'avance.

S'il écrivit des choses plus particulieres sur ses Journaux, que dans les Certificats qu'il se donna la peine de mettre au bas des rapports, je n'en pus tirer aucune lumiere, je n'en fus pas informé ; & il me paroît qu'il ne les avoit pas présentes lorsque je l'avertis, au commencement de 1741, que j'allois répéter ces mêmes observations : car il me répondit qu'il renonçoit pour sa part à ce nouveau travail, s'il falloit qu'il le fît seul. C'est ce qu'on verra dans deux extraits de ses Lettres que j'aurai occasion de rapporter, elles font datées du 12 Janvier 1741. Enfin, je dois ajoûter, puisqu'il faut que je me justifie, que l'alternative même entre les observations, me rendoit nos opérations beaucoup plus difficiles. Ne sachant à quoi rapporter les changemens ou variations que j'appercevois, j'attendois avec impatience le moment de m'en éclaircir ; mais le Ciel qui étoit couvert des 7 ou 8 jours de suite ne se découvroit quelquefois que lorsque ce n'étoit pas mon tour d'observer, & je restois indécis sur le parti que j'avois à prendre.

Ce ne fut cependant pas ce qui m'engagea à exécuter une résolution que j'avois formée depuis long-tems, celle de travailler à part, afin de joüir de plus de tranquilité. M. Godin m'en avoit déja donné l'exemple, mais d'une maniere plus marquée, quoiqu'il me fit dire par plusieurs personnes, & qu'il me l'écrivit aussi, qu'il pensoit que sa séparation ne me faisoit pas grand mal, & qu'elle ne m'avoit pas non plus pour objet.

Il seroit inutile de le dissimuler déformais. Nous pouvons avoir les meilleures intentions du monde, & tendre continuellement au bien ; mais comme il est différens chemins qui nous y conduisent, la diversité des avis ne peut manquer de devenir de plus grande en plus grande ; & on est extrêmement à plaindre, lorsque dans

des déserts on ne peut prendre personne pour médiateur,
ni même pour témoin de tout ce qu'on fait par amour
pour la paix. J'ai dit plus haut que je m'étois expliqué
inutilement un très-grand nombre de fois, en présence
de M. de la Condamine, sur les conditions essentielles
dont nos observations de 1737 avoient manqué. Le mal
n'étoit pas grand, qu'il ne me crut pas pendant que nous
observions ensemble ; mais je sentis à la fin combien il
étoit de la prudence de laisser à un autre tems à lui parler
derechef sur cette matiere. La suite fera voir encore à quoi
pouvoit m'engager le concert avec lequel nous agissions ;
& on se convaincra que j'ai fait beaucoup davantage.
C'est ce que je n'ai pas dit à la page 228 du Livre de
la Figure de la Terre. Plus on observe scrupuleusement
de ne rien faire entrer que de vrai dans ses exposés, plus
on est attentif, en même-tems, à faire un grand choix
entre les vérités qu'on doit dire, & je ne me trouvois
pas alors dans la nécessité fâcheuse de déclarer celle-ci.

Quoique nous fussions tous séparés, je me suis trouvé deux fois l'observateur correspondant des deux autres Académiciens, parce que je me prêtois toujours à
tout, lorsque je n'y voyois pas d'extrêmes inconvéniens.

La premiere fois je me proposois d'aller répéter les
observations à l'extrémité Sud. Il y avoit plus d'un mois
que cette pensée me rouloit dans l'esprit, comme je
puis en fournir la preuve, lorsque j'écrivis le 11 Janvier 1741. à M. Godin que j'allois partir pour Tarqui.
M. Godin avoit à faire ses observations au Nord, & il
forma le projet de les rendre correspondantes des miennes, & parfaitement simultanées ? Il ne se borna pas à
ce projet qui étoit tout-à-fait raisonnable ; il souhaita
qu'un troisiéme observateur s'occupât vers le milieu de
l'espace, à observer les mêmes étoiles avec une lunette
scellée contre un mur.

Cette derniere commission ne devoit avoir, selon moi,
que très-peu d'utilité, pendant qu'on observoit aux deux
extrémités

extrémités de la Méridienne; elle ne pouvoit fournir, tout au plus, que des obfervations météorologiques, comme je le dis dès-lors. J'étois auffi éloigné de m'en charger, que M. de la Condamine paroiffoit peu difpofé à aller feul au Sud. J'ai deux réponfes de lui, qui marquent bien les difpofitions où il fe trouva, lorfque je lui fis part des Lettres que nous nous écrivîmes M. Godin & moi fur ce fujet (*). Je me rendis à mon pofte où je reftai environ un an. Je me fatisfis à la fin, & je ne pus manquer d'avertir M. de la Condamine qu'il falloit abandonner nos obfervations de 1739. Je fis encore davantage, je lui communiquai les obfervations que je venois de faire, & je l'invitai à venir fe fervir de l'inftrument tout monté; mais il ne me fut pas poffible de l'y déterminer.

Il me répondit dans fa Lettre du 5 Décembre 1741. que s'il trouvoit la même chofe que moi, il ne fçauroit auxquelles des obfervations s'en rapporter, ou aux nouvelles, ou aux anciennes. Il ne pouvoit digérer que les fourchettes, qui foutenoient la lunette, euffent pû

(*) Ces deux Lettres, fur le même fujet, fe font rencontré bien jufte : j'ai reçu le tout prêt à me mettre à table, & il m'a été impoffible de manger un morceau, ayant perdu l'apétit avec la nouvelle de ce nouveau délai qui retarde notre retour en France, lorfque j'étois prêt à tout abandonner, je veux dire mes affaires particulieres, pour ne plus penfer qu'à mon départ. . . . . Quant à l'obfervation de Tarqui, je ne la ferois feul qu'à mon corps défendant. Au refte, je fuis las de contefter & de faire des factums, & je ne prendrai, aux nouvelles obfervations, que la part qu'on m'y laiffera. Premiere Lettre de M. de la Condamine, datée de Quito le 12 Janvier 1741.

Si je croyois que vous fuffiez d'avis de la faire (l'obfervation de Tarqui) ou comme l'année derniere, ou avec quelques autres arrangemens, mais de forte qu'elle fut commune, & que les deux Obfervateurs y affiftaffent, je ne balancerois pas à vous fuivre à Tarqui, pour mettre la derniere main à notre ouvrage, & avoir part à la confirmation comme aux premieres obfervations. . . . . Mais fuppofé que vous perfiftiez à vouloir faire l'obfervation au Sud chacun à part, j'y renonce pour la mienne, je m'en rapporte entierement à la vôtre, & je ne défire rien moins que d'élever autel contre autel, & d'entrer dans de nouvelles conteftations. Deuxiéme Lettre de M. de la Condamine, de Quito le 12 Janvier 1741.

F

rendre toutes nos obſervations défectueuſes avec un ſi grand nombre de ligatures. Il s'attendoit que ſi je répétois nos obſervations au Nord, je trouverois un réſultat différent, & il me demandoit s'il faudroit alors, qu'il retournât de Tarqui à Cocheſqui. Il m'avoit marqué cependant dès le commencement de ſa Lettre qu'il étoit tout prêt de venir à Tarqui; mais qu'il ne vouloit pas remettre le pied à Quito lorſqu'il pourroit s'en tirer. Deux autres Lettres me confirmerent la même choſe : l'une datée du 19 du même mois (a), & l'autre du 24 (b). Ainſi on voit clairement que je n'avois d'autre parti à prendre, que de faire démonter l'inſtrument & de le faire tranſporter avec moi, parce que j'en avois beſoin pour répéter l'obſervation au Nord.

On peut dire qu'on travaille de concert, en donnant à ce dernier mot bien des acceptions différentes. Il eſt certain que le ſeul déſir que j'eus de réünir M. de la Condamine au même avis que moi, me fit m'armer de patience, & m'obligea de prolonger mon ſéjour au Pérou. J'étois tellement ſûr de la bonté des obſervations que je venois de faire à Tarqui, qu'il ne m'étoit pas poſſible de m'en départir. Ce n'eſt donc que par un excès de zèle, & parce que j'avois bien promis de faire réüſſir notre voyage à quelque prix que ce fût, que j'ai conſenti à attendre que M. de la Condamine eût terminé ſes affaires, & qu'il fût prêt à ſe mettre en route. Je voulois me trouver dans le pays lorſqu'il répéteroit ſes obſervations,

---

(a) Votre derniere Lettre m'a convaincu, mais je perſiſte à croire qu'il convient d'attendre ici votre retour, ſuppoſé qu'il ſera dans peu, pour convenir de tout enſemble, étant toujours dans la réſolution que je vous ai marquée de ne pas faire deux fois mon paquet. *Lettre de M. de la Condamine du 19 Décembre 1741.*

(b) Je vous attens avec impatience; votre derniere m'a convaincu; mais je perſiſte à croire qu'il eſt à propos que nous nous voyons ici, pour prendre une derniere réſolution de concert. Les deux Officiers Eſpagnols, comme vous ſçavez ſans doute, ſont partis volontaires pour Guayaquil, ayant refuſé le commandement des troupes de la Province, à moins, &c. *Lettre de M. de la Condamine, de Quito le 24 Décembre 1741.*

& je ne pouvois donner de marques plus fortes de ma bonne volonté. Il est vrai que je sçavois aussi le scrupule avec lequel il opéroit; & je comptois bien que j'aurois dans son travail une confirmation du mien, pourvû qu'il n'oubliât pas les précautions dont il n'avoit pas jugé à propos de parler dans ses Certificats.

On ne doutera pas que pendant une entrevûe, qui a été notre derniere dans ce pays-là, (*) qui dura deux ou trois jours, à quelques lieuës de Quito, & que je ménageai exprès, je ne tâchasse de me rappeller tout ce qui avoit rapport à l'observation qu'il alloit faire; puisque quelques jours auparavant j'avois commencé à traiter de cette matiere dans mes Lettres. Je lui marquois dans une du 12 Août 1742. dont il m'accusa la réception le 17, qu'il avoit des motifs pressans pour se rendre incessamment à son poste; parce qu'Orion ne s'obser- veroit bien-tôt que de nuit, & que d'un autre côté le Soleil s'approchoit de l'Equateur, ce qui alloit rendre pour nous les Méridiennes plus difficiles à tracer. Je ne lui avois remis l'instrument qu'après l'avoir rendu parfai- tement solide, & néanmoins je suis bien sûr que je lui fis part de l'expédient dont je me servis pour reconnoî- tre si la lunette ne souffroit pas quelque dérangement. Je lui avois déja communiqué mes observations faites dans le même lieu; & je lui avois aussi fait part du moyen que j'employois en me servant d'un objectif de lunette, & que j'ai expliqué dans mon Livre (page 191) pour découvrir les plus petites fléxions des corps soli- des : j'en ai des preuves par écrit.

Il faut enfin supposer que je satisfis parfaitement M. de la Condamine; car il alloit entreprendre seul une observation pour laquelle il avoit montré bien de la ré-

---

(*) Chez le Docteur Don Joseph Maldonando, Curé du Quinché. Nous nous rendîmes dès le 24 Août 1742. sur le terrein de notre premiere base, & nous nous séparâmes le 27.

pugnance un an & demi auparavant, comme le montrent ſes Lettres du 12 Janvier 1741. Il ſçavoit de plus, comme je l'ai fait voir au commencement de ce long article, que j'avois dreſſé, ſur ce ſujet, un Mémoire pour l'Académie. Malgré cela, environ trois mois après qu'il fut arrivé à Tarqui, il voulut bien me marquer quelque reconnoiſſance, en me parlant de ſes obſervations: *Enfin je ne vous envois*, me diſoit-il dans ſa Lettre du 3 Décembre 1742. *que* celles que j'ai faites *après avoir employé des expédiens de la nature de ceux qui vous ont paru propres à rendre aux étoiles leur ſtabilité.* Je ne m'étois donc pas contenté de lui remettre le ſecteur dans un état où on pouvoit s'en ſervir avec ſûreté, je lui avois encore fait part de quelques-uns de mes expédiens : outre que j'avois inſiſté ſur un autre point qui n'étoit pas moins eſſentiel, la néceſſité de tracer une Méridienne dans l'Obſervatoire, comme on l'a déja vû. Si on veut une derniere preuve que je m'intéreſſois bien ſincérement dans le ſuccès de ſon travail, c'eſt que j'étois ſur le point de me rendre à Tarqui, & je n'en fus empêché que par cette même Lettre du 3 Décembre.

On peut défigurer tous les faits lorſqu'on parle ſans preuve ; on peut leur donner une face toute différente : je ne ſuis pas dans ce cas qui eſt trop peu conforme à mon caractere. On va reconnoître que j'étois prêt à aller à Tarqui, & que je n'étois effectivement reſté au Pérou, que par les mêmes motifs qui m'avoient fait ménager l'entrevûe dont j'ai parlé ; je voulois être à portée de rendre ſervice à M. de la Condamine, en cas de beſoin. *Je vous ſuis obligé, Monſieur,* (me diſoit-il dans ſa Lettre du 3) *de l'offre que vous me faites de venir ici éclaircir la ſource de nos différences, s'il eſt néceſſaire. Je reconnois que c'eſt une preuve de votre zèle pour le bien du ſervice, mais elle vous eût moins coûtée, & vous euſſiez gagné plus d'un an en me propoſant à moi, de venir à Tarqui au mois d'Octobre dernier............. J'eſpere qu'il ne*

fera pas néceſſaire que vous preniez la peine de faire un ſi
long voyage. Je viens d'obtenir un demi réſultat, je dis un
demi, parce que je n'ai retourné encore qu'une fois l'inſtrument, & que la loi que nous nous ſommes impoſée, eſt de
ne compter ſur rien qu'après un ſecond retour. Ce réſultat,
que j'eſpere qui ſera confirmé par le retour de l'inſtrument,
ne differe du vôtre guere que d'une ſeconde.

Une autre Lettre du jour ſuivant, étoit conforme à
la précédente (*). Il eſt bien clair que j'ai pû me livrer ſans riſque, après cela, au plaiſir qu'on trouve à
applaudir au travail d'un Collégue auquel il eſt vrai que
je n'ai fait que rendre juſtice. Mais on voit en même-
tems que j'ai fait tout ce qu'il falloit pour ne donner mes
louanges qu'à propos.

On conviendra auſſi, à ce que je crois, que je n'ai
pû agir que dans la ſeule vûe de faire plaiſir à M. de la
Condamine, lorſqu'en employant dans mon Livre, ſes
obſervations de Tarqui, j'ai autant fondé mon réſultat,
ſur ces mêmes obſervations, que ſur les miennes. Je
lui demandai s'il le ſouhaitoit, & il me parût que cette
propoſition lui étoit fort agréable. C'eſt une vingtaine de
lignes dans mon Livre, que j'ai conſenti à emprunter de
lui, lorſque je pouvois ne me ſervir que de mes propres
obſervations ; puiſque j'en avois de parfaitement ſûres
aux deux extrémités de la Méridienne.

IV.

*Des inconvéniens auxquels je me ſuis expoſé en communiquant
avec trop peu de réſerve juſqu'à mes moindres remarques.*

Je ne puis mieux montrer que j'ai pouſſé trop loin là

_____

(*) Par votre Lettre du 19 que je reçois par le courier, vous m'offrez,
ſans condition, ni reſtriction, de venir ici, & je vous en fais de nouveaux
remercimens : j'eſpere encore une fois, que cela ne ſera pas néceſſaire.
Lettre de M. de la Condamine, de Tarqui le 4 Décembre 1742.

facilité avec laquelle je communiquois mes remarques, de même que celle avec laquelle je m'affociois dans des opérations que je pouvois exécuter étant feul, qu'en juftifiant qu'il en eft réfulté des inconvéniens réels pour moi. Il m'eft prefque toujours arrivé de faire part de mes plus fimples projets. J'en ai bien la preuve dans le re-cueil imprimé à Madrid. On y réfute, ou on y cite plu-fieurs de mes idées, que j'avois été le premier à aban-donner, & dont je n'avois fait part, que parce que je croyois que dans une Compagnie comme la nôtre, chacun de nous devoit penfer comme tout haut. Mais quoique j'aie toujours agi avec cette franchife qui m'eft naturelle, je ne me fuis que trop apperçû qu'on ne me rendoit quelquefois pas plus de juftice fur cet article, que fur beaucoup d'autres. Il eft de très-honnêtes gens qui font très-difficiles à contenter. J'ai connu des per-fonnes à qui j'aurois eu la complaifance de remettre tous mes papiers, qui, au lieu de m'en remercier, m'euf-fent encore marqué du chagrin; foutenant que je n'ai-mois pas à faire plaifir, & que je ne leur avois pas tout communiqué.

Je me fuis répenti plus d'une fois de m'être affocié trop facilement pour faire certaines obfervations. Les hu-meurs de tous les hommes ne s'accordent pas affez : on peut fe trouver très-honoré de la compagnie de quel-qu'un, & que cependant on ait mal fait de la recher-cher. Je ne commis pas certainement cette faute, lorf-que nous allâmes fur Chimboraço, pour examiner fi les fils-à-plomb étoient fujets à quelque déviation fur les plus groffes montagnes; mais nous étions expofés tout-à-la-fois à une tempête prefque continuelle, & à toutes les horreurs des zones froides; & j'étois non-feulement obligé de fupporter mes peines, il me falloit encore par-tager toutes celles de M. de la Condamine. Celles-ci étoient bien grandes, puifque malgré fon extrême cou-rage, il s'en prenoit prefque continuellement à moi, de ce que le tems étoit si mauvais. Je me souviens qu'il me demandoit presque sans cesse, combien je me faisois payer pour le plaisir qu'on avoit de m'accompagner : ce fait peut se trouver de quelque conséquence pour la suite, & il fut sçû de toutes les personnes de notre Compagnie.

Lorsque nous fûmes descendus de cette montagne, j'éprouvai un autre contre-tems. M. de la Condamine prétendoit que le secret que je lui avois demandé, de même qu'à M. de Ulloa, n'étoit que relatif, & que puisque l'observation n'avoit été faite que pour être rendu publique, il pouvoit, contre mon consentement, en faire part à l'Académie par le canal de M. du Fay. Il est vrai qu'après avoir long-tems disputé, il remit la chose à mon choix dans une longue Lettre qu'il m'écrivit pendant que nous étions à Riobamba le 28 Décembre 1738. Voici ses propres termes :

« Quant à ma Lettre à M. du Fay sur les observations
« que vous avez imaginées pour reconnoître l'effet de
« l'attraction, auxquelles je reconnois ici comme dans la
« Lettre, que vous avez bien voulu m'associer. Quoique
« le dessein que j'ai eu, en l'écrivant, eût été, 1°. de
« ne pas perdre le mérite des peines & fatigues qui ont
« accompagné ce travail. . . . . . . 2°. D'inférer dans cette
« narration purement historique, certaines choses que
« l'Auteur même ne peut dire, & en troisiéme lieu de
« déposer ce dont j'ai été témoin : ce second témoigna-
« ge ayant ici quelque poids, comme plus désintéressé
« en quelque sorte, par la déclaration que je fais de n'a-
« voir eu aucune part au premier projet, non plus qu'à
« l'invention de la Méthode. Enfin, quoique depuis la
« premiere ligne jusqu'à celle où commence la liste des
« hauteurs d'étoiles, il soit continuellement parlé de
« vous, comme il n'a tenu qu'à vous de le voir, m'étant
« renfermé dans le personnage d'Historien & de témoin :
« comme il m'a parû en achevant l'autre soir de vous

« faire la lecture de ma Lettre, que vous aviez quelque
« répugnance à ce que je l'écriville, je vous offre très-
« fincérement de la fupprimer.

Cet extrait fuffit, je penfe, pour montrer que M. de
la Condamine n'avoit pas affez préfente la maniere dont
les chofes s'étoient paffées, lorfqu'il a dit à la page 68
de fon Introduction Hiftorique, que nous nous étions
fervi d'un expédient qu'il m'avoit lui-même propofé,
parce que le mien, n'étoit bon que pour des difpofitions
locales qui ne fe trouvent prefque jamais. Si nous em-
ployâmes un expédient dû à M. de la Condamine, il
avoit le même droit que moi à l'expérience ; je ne l'y
affociois pas, comme il le reconnoît néanmoins; il n'eut
pas dit non plus qu'il n'avoit aucune part à l'invention
de la Méthode, & qu'il fe renfermoit dans le perfonnage
d'Hiftorien & de témoin; il ne m'eût pas demandé combien je faifois payer le plaifir qu'on avoit de m'accompagner.

Je prie, outre cela, de remarquer, que lorfque je me
fuis expliqué comme je l'ai fait dans le Livre de la Figure de la Terre, d'une maniere toute contraire à M. de
la Condamine, je ne pouvois pas foupçonner que cet
Académicien continueroit à récufer les Juges naturels
de nos différends. Les 15 jours qu'on lui avoit donnés
le 29 Novembre 1748. pour expofer les griefs qu'il pourroit avoir contre mon Livre, avant qu'il fût rendu public, furent prolongés par une délibération Académique
le 7 Juin 1749 (*); ainfi le Livre de la Figure de
la

(*) *Extrait des Regiftres de l'Académie Royale des Sciences, du 7 Juin 1749.*

M. de la Condamine m'a remis (c'eft M. de Fouchy qui parle) un paquet
cacheté, contenant les obfervations qu'il a faites au Pérou, & a reçu l'Exem-
plaire de M. Bouguer (le Livre de la Figure de la Terre): il a été décidé que
les 15 jours pendant lefquels il le doit garder, fuivant la délibération du
29 Novembre 1748. ne commenceroient à courir que d'aujourd'hui.

{ Cet extrait a été délivré & certifié par M. de Fouchy. }

la Terre que l'Académie m'a non-feulement fait l'honneur d'approuver, mais qu'elle a voulu adopter d'une maniere particuliere, doit avoir aux yeux du Public, & vis-à-vis même de M. de la Condamine, le même degré d'autorité, que fi tous les points en avoient été difcutés contradictóirement. Il ne tenoit qu'à cet Académicien de contefter ; & on peut affurer, puifqu'il ne le fit pas, qu'il avoit bien reconnu qu'il n'avoit aucune objection à faire. On ne peut pas dire la même chofe du Livre de M. de la Condamine dont l'Académie n'a pris aucune connoiffance. Toutes ces différences donnent un degré d'autenticité de plus à mes récits, en même-tems qu'elles peuvent fervir à rectifier fur beaucoup d'autres points, les idées imparfaites que s'étoient formé plufieurs Lecteurs qui avoient été mal informés.

La Lettre de M. de la Condamine à feu M. du Fay, fur les attractions Newtoniennes, a été relue en 1751. dans nos Affemblées ; elle a été deftinée à l'impreffion dans nos Mémoires, & je ne crains point de dire, que la Compagnie n'y a rien remarqué qui eût rapport à la prétention énoncée dans l'Introduction Hiftorique. La chofe eut excité l'attention de tous les Académiciens qui ont toujours entendu que M. de la Condamine n'avoit eu part qu'à la peine de l'exécution. La Lettre à M. du Fay a été vûe avant notre arrivée en France, par plufieurs perfonnes à Paris; on m'en a remis une copie que je puis montrer, & qui eft abfolument conforme à mon récit. Il eft bon que j'en avertiffe ; puifqu'il peut arriver que ce qui n'a été d'abord que l'effet de la précipitation dans l'Introduction Hiftorique, foit regardé dans la fuite comme une efpece de titre.

Je ne pouvois manquer de tomber dans les inconvéniens dont je me plains, puifque M. de la Condamine s'en eft apperçû lui-même, & qu'il a eu la bonté de m'en parler au Pérou, d'une maniere qui lui fait un honneur infini.

G

La Lettre du 28 Décembre 1738, dont j'ai fait mention, contient ce témoignage de sa part, qui est si louable & si généreux (*). On m'objecteroit mal-à-propos, que j'ai peut-être changé de conduite lorsque nous nous sommes tous séparés; je montrerois le contraire par une infinité de preuves de détail, en produisant les Lettres que je recevois, par lesquelles on jugeroit de mes réponses. M. de la Condamine désaprouva très-fortement le parti que je prenois de travailler à part, mais il ne m'écrivit que plus souvent, & nos Lettres continuerent à se multiplier. C'est même ce qui a donné lieu de me jetter dans une contradiction apparente, dont j'ai déja dit un mot dans le second article, touchant l'usage du diaphragme, ou de la pinnule oculaire.

Je me souviens très-distinctement d'avoir averti M. de la Condamine, que quoique je fusse assez content de la maniere dont je m'étois servi de ce même diaphragme, il me paroissoit néanmoins plus sûr de ne point embarasser l'œil de l'Observateur, & de saisir le milieu du petit espace que parcourt l'image de l'astre, lorsqu'elle

---

(*) J'ai parlé de la reconnoissance que je vous devois, Monsieur, je me ferai toujours gloire de la publier, & de convenir que je vous ai souvent consulté, que vous m'avez tenu lieu des plus excellens Livres auxquels je n'étois pas à portée d'avoir recours; & que je vous ai souvent dû, ce que je n'aurois trouvé qu'avec peine, ou point du tout dans les Livres. . . . . . . Je suis très-éloigné de vouloir m'approprier ce qui ne m'appartient pas, & si je vous ai paru, malgré l'attention que j'y ai apportée, avoir péché contre cette maxime, ç'a été contre mon intention, & sur des choses ou que j'ai crû qui étoient à tout le monde, ou que vous ne daignez pas revendiquer. . . . . . Je vous donne ma parole que depuis que j'en suis averti, je reparerai nonseulement dans les Mémoires de moi qui seront publiés, mais sur mon Journal même d'observations, qui n'est rien moins que destiné à voir le jour, toutes les omissions involontaires qui me sont échapées. . . . . Cependant je vous avoue que je crois n'avoir, sur ce chapitre, qu'un seul reproche à me faire qui ait quelque fondement, quoique mon intention ait été droite & pure, c'est au sujet de la formule du centre de gravité du pendule, que vous voulûtes bien me communiquer au petit Goave. . . . . le mal est très-aisé à réparer avec usure, &c.
(*Lettre de M. de la Condamine, datée de Riobamba le 28 Décembre 1738.*)

ne tombe pas précifément fur le réticule. J'ai eu occafion de parler de cette matiere dans différentes Lettres,
& je n'ai pas dû répéter dans toutes, que je plaçois le
diaphragme d'une façon particuliere.

Qu'eſt-il arrivé de là ? M. de la Condamine, qui m'a
fait l'honneur de me confulter fur une infinité de chofes,
comme je puis le juſtifier en montrant fes Lettres, n'en fait
abfolument aucune mention; mais il fe fouvient du diaphragme, & il en parle comme fi je lui en avois recom-
mandé l'ufage d'une maniere abfolue. Je fçai bien que
tous les Lecteurs ne s'aviferont pas de rapprocher l'endroit
des Mémoires de 1746. où M. de la Condamine en par-
le *, & celui du Livre de la Figure de la Terre, qui   * Voyez
page 674.
n'y eſt pas conforme. Mais ce feront les Lecteurs les
plus éclairés, & ceux dont je recherche le plus l'eſtime,
qui feront cette comparaifon; & on voit bien ce qu'ils
feroient portés à en conclure, fi je ne m'expliquois.

Il eſt bien fâcheux pour moi, qu'après que j'ai donné
un fi grand nombre d'éclairciſſemens utiles, on ne me
faſſe Auteur que d'un confeil dangereux. Mais qu'on
pèfe un peu plus toutes les circonſtances de la chofe !
M. de la Condamine reconnoît, par fa propre expérience, que j'ai eu tort de lui recommander l'ufage du diaphragme : il ne pouvoit pas, ce me femble, fe difpenfer, auffi-tôt qu'il s'en apperçut, de m'avertir que ce confeil n'étoit pas bon. Si j'ai manqué de bonne volonté, il
n'a pû le fçavoir qu'en France, lorfqu'il a vû dans mon
Livre, que j'étois d'un fentiment contraire ; mais au
Pérou il a dû croire fimplement que je me trompois.
Il devoit donc, comme Confrere, me donner un mot
d'avis, pour éviter lui - même le reproche auquel il
m'expofe, en ne lifant pas mes Lettres avec affez de
foin.

Si l'on jette les yeux fur la page 199 de fon Livre,
on verra qu'il s'y agit d'une matiere qui a bien du rapport à l'ufage du diaphragme, ou de la pinnule oculai-

re, & on fera tenté également de condamner mon filence fur cet article; M. de la Condamine difant for-
mellement qu'il ignore fi j'ai fait les mêmes obfervations de mon côté. Une Lettre qu'il m'écrivoit le 16
Mai 1748. depuis notre retour en France, fera naître la
même penfée. Quelqu'un des Académiciens qui m'a-
voient entendu expofer, dans nos Affemblées, le phéno-
mene fingulier, qui confifte dans la variation du foyer
des grandes lunettes, felon que le Ciel eft plus ou
moins ferein, lui en fpécifia affez exactement toutes les
particularités. Il le prévint en même-tems fur le changement que pouvoit produire cette variation dans la
hauteur apparente des aftres, quoiqu'on eût fait tout ce
qu'il falloit pour bien placer le réticule du micrométre.
M. de la Condamine ne fe fouvint pas que je lui en
avois parlé, & que je l'avois invité, de même que M.
Verguin, à y apporter une attention expreffe. La chofe
lui parût toujours nouvelle; il en fut frappé; & comme
il craignoit de fe voir obligé en conféquence d'appliquer
quelque correction à fes obfervations, il vouloit que le
fait fût difcuté contradictoirement. Je vais rapporter les
propres termes de fa Lettre, qui eft, comme je l'ai
dit, du 16 Mai 1748.

« J'ai fçû, Monfieur, fort imparfaitement, puifque je
« n'ai ni entendu, ni lû votre grande Relation faite à
« l'Académie, que vous aviez expofé quelques raifons
« d'Optique auxquelles on n'avoit pas fait attention avant
« vous; en conféquence defquelles une lunette mal
« centrée, ou même bien centrée, devoit caufer des
« variations apparentes dans la hauteur Méridienne d'u-
« ne même étoile aux yeux du même Obfervateur. J'ef-
« pere qu'avant que cela foit imprimé vous trouverez
« bon de me le communiquer, afin que ce point foit
« difcuté contradictoirement, & qu'il foit une fois bien
« décidé fi toutes les obfervations faites, tant au Pérou
« qu'ailleurs, par ceux qui n'avoient pas fait cette re-

« marque, doivent être comptées pour rien depuis cel-
« les de Képler, jufques & compris celles de Meſſieurs
« de Maupertuis, Clairaut, Camus & le Monnier, fous
« le cercle polaire, &c.

Quelques lignes plus bas, il revient encore à la même matiere, ou plutôt il ne l'avoit pas perdue de vûe ;
je mets au bas de la page cette ſuite de ſa Lettre (*).
Le tout ne perſuadera pas que M. de la Condamine
ait eu dans la remarque dont il s'agit, la part qu'il aſſure dans ſon Livre y avoir eue. On croira, au contraire,
que je lui en ai fait myſtere ; quoique la variation du
foyer des lunettes, puiſſe effectivement nuire à l'exactitude des obſervations, ſi l'on n'y prend garde. Mais il
en eſt de ceci comme de tant d'autres choſes, dont il
paroît qu'il ne s'eſt pas ſouvenu : pour prouver que je
lui en ai parlé, je n'ai qu'à rapporter ce qu'il m'écrivoit
de Tarqui le 18 Février 1743. *J'avouë*, diſoit-il, *& je
ſuis très-porté à le croire, comme vous le croyez, Monſieur,
que toutes ces variations* (d'étoiles) *peuvent n'avoir d'autre
cauſe, que des apparences optiques cauſées par la différente
température de l'air qui fait varier la parallaxe des fils
(qu'on peut cependant, je crois, éviter), &c.*

Je termine cet Écrit malgré le grand nombre d'autres
remarques qui me reſteroient à faire. Je continuerois à
me fonder principalement ſur le témoignage de M. de

(*) J'ai eû raiſon de me plaindre avant de rien ſçavoir de votre remarque d'Optique, que lorſque vous terminâtes vos obſervations à Tarqui
au commencement de 1742. & que je devois aller les y répéter, vous
n'euſſiez pas laiſſé l'inſtrument tout monté, ce qui m'eût épargné beaucoup
de péine, & au Roi les frais d'un double tranſport de 70 lieuës par des
chemins tels que vous les connoiſſez. Mais depuis votre remarque faite,
j'ai bien plus lieu de trouver étrange qu'en en faiſant myſtère, vous n'ayez
pas au moins laiſſé l'inſtrument ſur pied, pour aſſurer par-là le ſuccès
d'un travail commun que j'allois entreprendre de concert avec vous......
En effet, je ne ſçais comment, dans vos principes, vous pouvez adopter mes obſervations ſimultanées..... ne ſeroient-elles bonnes que parce
que par haſard, ou autrement, elles s'accordent avec les vôtres ?
Continuation de la Lettre de M. de la Condamine du 16 Mai 1748.

la Condamine pour juftifier l'exactitude de mes récits, fi la répugnance avec laquelle je fuis entré dans les détails précédens, ne m'empêchoit de prolonger cette efpece de *factum*. Mais je crois, en finiffant, pouvoir prier le Public d'exiger déformais de chacun de nous, des preuves juftificatives de toutes les circonftances un peu importantes, lorfqu'il s'agira du voyage du Pérou. Une émulation louable dans fon principe, mais devenue vicieufe dans la fuite, peut nous porter à ne pas rendre juftice à nos Collégues, lorfque notre intérêt perfonnel fe trouve mêlé avec le leur. Je pourrois avoir été tenté dans mon Livre, de me rendre Auteur de tous les bons confeils, & de tout rapporter à mon avantage. Mes Collégues feroient reftés fans voir les moindres chofes, fi je ne les leur avois fait remarquer ; ils n'auroient rien fait de bien, fi je ne les y avois déterminés : en un mot, je me ferois généralement tout attribué, excepté les fautes dont j'aurois chargé ceux que je n'aimois pas, & que j'aurois prefque réduits au même état que s'ils s'échapoient d'un naufrage où ils auroient tout perdu. Qu'on me croye capable d'avoir tout défiguré jufqu'à ce point, d'avoir même commencé à le faire dès le Pérou ; & qu'on me demande rigoureufement des preuves nonrecufables des faits que j'avancerai. Mais, quoique tous les Voyageurs ne foient pas abfolument atteints de la même maladie, la plûpart devroient juftifier la fidélité de leur Relation, au moins pour donner l'exemple & pour introduire un ufage auffi utile.

F I N.

APPROBATION.

J'AY lû par ordre de Monſeigneur le Chancelier, un Manuſcrit intitulé *Juſtification des Mémoires de l'Académie des Sçiences, &c.* & j'ai jugé que l'on pouvoit en permettre l'impreſſion. Fait à Paris ce 22 Avril 1752.

CASSINI.

PRIVILEGE DU ROY.

LOUIS, par la Grace de Dieu, Roi de France & de Navarre : A nos Amés & Féaux Conſeillers, les Gens tenans nos Cours de Parlement, Maîtres des Requêtes ordinaires de notre Hôtel, Grand Conſeil, Prévôt de Paris, Baillifs, Sénéchaux, leurs Lieutenans Civils & autres nos Juſticiers qu'il appartiendra, SALUT : Notre Amé, le Sieur BOUGUER, Nous a fait expoſer qu'il déſireroit faire imprimer & donner au Public, un Ouvrage qui a pour titre, *Juſtification des Mémoires de l'Académie,* 1744, 1746, &c. s'il nous plaiſoit lui accorder nos Lettres de permiſſion pour ce néceſſaire. A CES CAUSES : voulant favorablement traiter l'Expoſant, nous lui avons permis & permettons, par ces Préſentes, de faire imprimer ledit Ouvrage en un ou pluſieurs Volumes, & autant de fois que bon lui ſemblera, & de le faire vendre & débiter par tout notre Royaume, pendant le temps de trois années conſécutives, à compter de la date des Préſentes. Faiſons défenſes à tous Imprimeurs, Libraires & autres perſonnes de quelque qualité & condition qu'elles ſoient, d'en introduire d'impreſſion étrangere dans aucun lieu de notre obéïſſance. A la charge que ces Préſentes ſeront enregiſtrées tout au long ſur le Regiſtre de la Communauté des Imprimeurs & Libraires de Paris, dans trois mois de la date d'icelles, que l'impreſſion dudit Ouvrage ſera faite dans notre Royaume & non ailleurs, en bon papier & beaux caracteres, conformément à la feuille imprimée, attachée pour modèle ſous le contre-ſcel des préſentes, que l'Impétrant ſe conformera en tout aux Réglemens de la Librairie, & nottamment à celui du 10 Avril 1725, qu'avant de l'expoſer en vente, le Manuſcrit qui aura ſervi de copie à l'impreſſion dudit Ouvrage, ſera remis dans le même état où l'Approbation y aura été donnée ès mains de notre très-cher & féal Chevalier, Chancelier de France, le ſieur de la Moignon, & qu'il en ſera enſuite remis deux exemplaires dans notre Bibliothéque publique, un dans celle de notre Château du Louvre, un dans celle de notre dit très-cher & féal Chevalier, Chancelier de France, le ſieur de la Moignon, & un dans celle de notre très-cher & féal Chevalier, Garde des Sceaux de France, le ſieur de Machault, Commandeur de nos Ordres, le tout à peine de nullité des préſentes. Du contenu deſquelles vous mandons & enjoignons de faire joüir ledit Expoſant & ſes ayans cauſes, pleinement & paiſiblement, ſans ſouffrir qu'il leur ſoit fait aucun trouble ou empêchement. Voulons qu'à la copie des Préſentes, qui ſera imprimée tout au long au commencement ou à la fin dudit Ouvrage, Foi ſoit ajoûtée comme à l'original. Commandons au premier notre Huissier ou Sergent sur ce requis, de faire pour l'exécution d'icelles tous Actes requis & nécessaires, sans demander autre permission; & nonobstant clameur de Haro, Charte Normande & Lettres à ce contraire. Car, tel est notre plaisir. DONNE' à Versailles le vingt-neuviéme jour du mois de Mai, l'an de Grace mil sept cent cinquante-deux, & de notre regne le trente-septiéme.

Par le Roi en son Conseil.

Signé, SAINSON.

Registré sur le Registre douze de la Chambre Royale des Libraires & Imprimeurs de Paris, N°. 783. fol. 629. conformément au Réglement de 1723. qui fait défense, art. IV. à toutes personnes de quelque qualité qu'elles soient, autres que les Libraires & Imprimeurs, de vendre, débiter & faire afficher aucuns Livres, pour les vendre en leurs noms, soit qu'ils s'en disent les Auteurs ou autrement; & à la charge de fournir à la susdite Chambre, neuf Exemplaires prescrits par l'art. CVIII. du même Réglement. A Paris, le 2 Juin 1752.

E. BRUNET, *Adjoint.*

ERRATA.

Page 14, ligne derniere, *lisez* dans l'avenir.
Page 19, lignes 24 & 25, *lisez* représentations.
Page 38, ligne 13, effacez en excès, & *lisez* dans le même sens.
Page 43, ligne 22, *lisez* me servois.
Même page dans la note, *lisez* Maldonado.

De l'Imprimerie de J. CHARDON.